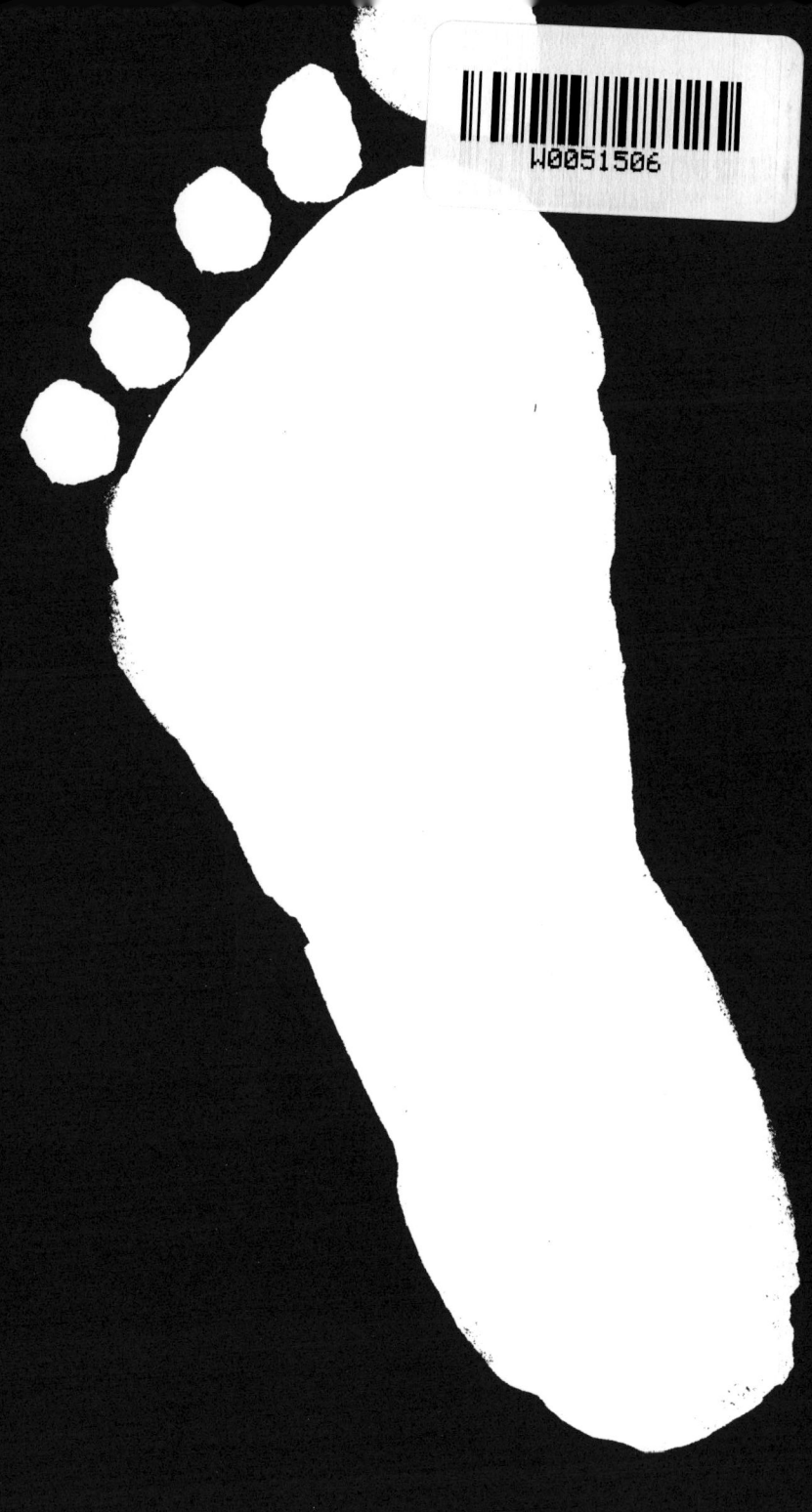

Edo Popović
Anleitung zum Gehen

In seinem poetisch-philosophischen Essay *Anleitung zum Gehen* versammelt Edo Popović alles, was er in fünfzig Jahren an Weisheit über die Menschheit und ihr selbstzerstörerisches Wesen zusammengetragen hat. Über uns, die wir uns benehmen wie Hamster im Laufrad. Die wir rennen, solange wir Kraft haben, um irgendwann einfach zu erlöschen. Wir sind in Eile. Und wir beschleunigen ständig. Wer nicht beschleunigt, ist suspekt.

Edo Popović beschreibt diesen ständigen Drang zur Selbstoptimierung als einen Hunger, der uns verunstaltet und uns in Automaten zum Verdienen und Verbrauchen verwandelt hat. Von diesem Hunger befreien seine klugen, erfahrungsreichen Texte. Und lehren uns: Das, was wir tatsächlich brauchen, wird nicht beworben, es findet sich nicht in Schaufenstern und ist nicht mit Geld zu kaufen.

Edo Popović, geb. 1957, lebt in Zagreb. Mit seinen Romanen *Mitternachtsboogie, Der Aufstand der Ungenießbaren, Ausfahrt Zagreb-Süd* und *Stalins Birne*, seinen Erzählbänden und Essays wurde Edo Popović zu einem der aufregendsten osteuropäischen Erzähler.

Edo Popović

Anleitung zum Gehen

Aus dem Kroatischen von
Alida Bremer

Luchterhand Literaturverlag

P.D. Zavižan

Gromovača
Rossijeva koliba

Crikvena

Krajačev buk

Lubenska vrota

Hajdučki kukovi

Veliki Lubenovac

Veliki Kozjak

Das Material für dieses Buch habe ich an Orten gesammelt, an denen ich mich in den letzten fünfzig Jahren aufgehalten habe. Auf einem Holzboot auf dem überfluteten Feld von Livno, Livanjsko Polje, als wir zu Beginn eines Frühlings wilden Gänsen die Eier gestohlen haben, an den Maksimir-Seen, wo wir in den Sechzigern gebadet und Ringelnattern gefangen haben, im Lärm und Rauch der Jugendklubs, Discos, Bars und Cafés, in nächtlichen Straßenbahnen, im Duft der Fichtenwälder, in den Wolken, die der Maestral-Wind zu den Gipfeln des Velebit-Gebirges emporhebt, in winzigen Hotelzimmern mit angeketteten Schwarz-Weiß-Fernsehern, an den mit schwarzen Kieselsteinen bedeckten Gestaden des Ägäischen Meeres, bei einer Nachtwache unter eisigem Mond, an den Wasserfällen von Krka und Zrmanja, deren sprühende Wassertropfen feinem Staub gleichen, im flimmernden Licht der U-Bahnen, im beißenden Geruch der Desinfektionsmittel in Krankenzimmern, im Frühlingswind, der vom Irischen Meer aufkam, in Warteräumen auf Bahnhöfen, auf Bergwiesen, in den Cafés der Duty-Free-Zonen, auf den welligen Teppichen aus Bergwacholder und Bergkiefern, immer entlang der trügerischen Grenze zwischen Meer und Festland, Himmel und Erde, Traum und Wachen, Leben und Tod. Immer das Gehen fortsetzend, denn – wie ich irgendwo gelesen oder gehört habe – der Tod folgt nur einen Schritt nach dem Leben.

Geschrieben habe ich dieses Buch in meiner Wohnung in Zagreb, in der Villa Cerrini in Graz und in der Küche der Einzimmerwohnung meiner Eltern in Münster in Westfalen. Ich hatte gute Arbeitsbedingungen, so dass ich keine Entschuldigung für seine Schwächen habe. Die Schwächen sind Bestandteil dieses Buchs.

Für Sven und Ljilja

»Wir sind alle verschieden und dennoch kommen wir alle zum Ziel.«
Ljuba Popović[1]

»Der Weg führt zu allen Orten, durch die er führt.«
Allan Watts[2]

Der erste Schritt

Es ist noch nicht lange her, dreieinhalb, vielleicht vier Millionen Jahre, dass sich in Laetoli, im heutigen Tansania, eine Kreatur auf ihre hinteren Gliedmaßen stellte und sich, stark gebeugt, auf den Weg machte. Sie wusste weder, wohin sie geht, noch was in der Zukunft auf sie warten würde. Sie lief nur.

Damals bestimmten die Sonne und der Mond den Rhythmus aller lebenden Wesen. Deshalb ist anzunehmen, dass Tag war, als der Gebeugte sich aufrichtete und losging. Es war nicht ratsam, nachts herumzuirren, denn nachts waren draußen größere und gefährlichere Wesen unterwegs. Eigentlich gab es damals noch kein »draußen« und »drinnen«. Der Gebeugte war kein Baumeister, er konnte sich noch nicht durch Mauern von der Umgebung abtrennen oder wenigstens einen Unterstand bauen. Er schlief irgendwo – im Gebüsch, unter einem Felsen, in einer mit Blättern abgedeckten Mulde. Er war noch nicht fähig, die Wesen und Dinge, die ihn umgaben, zu benennen, aber er konnte das Lebende vom Nicht-Lebenden unterscheiden, das Essbare vom Nicht-Essbaren. Er konnte auf hundert Meter Entfernung ein Nashorn oder einen Machairodus wittern und das Aufkommen eines Unwetters vorausahnen. Er zitterte, wenn er fror. Er schwitzte, wenn ihm warm war.

Sein Leben verlief eigentlich gar nicht so schlecht. Wenn er Hunger hatte, aß er. Er fand Nahrung in der Natur. Er ernährte sich von Pflanzen, Früchten und Wurzeln, von Schnecken und Insekten, er jagte Reptilien und kleine Nagetiere, und wenn er Glück hatte, fielen ihm die Reste eines Festmahls größerer Jäger in die Hände. Den Rest des Tages hatte er für sich – er verdaute, er lauste und kraulte sich. Wenn er schlafen wollte, schlief er. Er jaulte, wenn er Schmerzen hatte. Oder wenn Hyänen und Raubkatzen ihn angriffen. Eine Überschwemmung, einen Blitz oder einen Vulkan fürchtete er wie den Teufel selbst – er hatte keine Ahnung, wie er mit diesen Erscheinungen umgehen sollte. Genauso wenig wie mit seiner Angst.

Anderthalb Millionen Jahre später lief der Gebeugte immer noch gebeugt, er war noch immer behaart, er jaulte noch immer und versteckte sich nachts noch immer in natürlichen Unterschlüpfen, wobei er Höhlen mied, da diese für vierbeinige Jäger reserviert waren. Doch er hatte die Zeit nicht vollständig vergeudet. Inzwischen hatte er gelernt, mit einem Stein auf einen anderen zu schlagen, damit verdiente er sich die Bezeichnung *Mensch*. Der geschickte Mensch. *Homo habilis.*

Vom Geschickten zum Aufgerichteten vergingen weitere vierhunderttausend Jahre. So lange dauerte es, bis das Gehirn des Geschickten das Gewicht von einem Kilogramm erreicht hatte. In dieses Kilogramm passten Speer, Feuer, ein Lederumhang und gebratenes Fleisch. Der Aufgerichtete wurde zum Jäger. Er war immer noch behaart, jaulte bei Schmerzen und schlief immer noch unter freiem Himmel.

Es sollten eine Million dreihunderttausend weitere Jahre vergehen, bis der Aufgerichtete zum Vernünftigen wurde. Das heißt, bis er begann, sein Gehirn für Dinge zu nutzen, die komplizierter als das Jagen waren (interessanterweise benutzen die Menschen bis heute einen großen Teil ihres Gehirns, das inzwischen anderthalb Kilogramm wiegt, um von ihrem Hochsitz aus durch ein Visier auf das Wild zu zielen und zu schießen. Das verlangt keine größere mentale Anstrengung als der Umgang mit einem Speer mit Steinspitze. Allerdings ist es physisch viel leichter, vom geringeren Risiko ganz zu schweigen). Der Vernünftige hatte bereits die Kunst des Sprechens entwickelt, er hat nähen gelernt und verstand es, sich in Höhlen zu verstecken, aber er jaulte immer noch, wenn er Angst und Schmerzen verspürte.

Die nächsten dreihunderttausend Jahre brauchte der Vernünftige, um säen zu lernen, sich mit Wolle und Baumwolle zu bedecken, Unterschlüpfe zu bauen, schreiben zu lernen und die Kraft des Wassers und des Wasserdampfes nutzbar zu machen.

So ist es auch heute.

Vier Millionen Jahre nach jenem paläolithischen Morgen in Laetoli, am Anfang des dritten Milleniums nach Christus, läuft der Nachkomme des Gebeugten immer noch auf der Erde herum, ohne zu wissen, wohin er geht oder was ihn in der Zukunft erwartet. Im Unterschied zu seinem Ahnen nimmt er die Nahrung nicht mehr aus der Natur, sondern tauscht sie gegen acht oder mehr Stunden schwere Arbeit pro Tag. Er hat meist seinen eigenen Unterschlupf, für den er Miete und Nebenkosten entrichtet oder Kredite abbezahlt. Er wacht morgens früh auf, aber seinen Rhythmus bestimmen nicht mehr Sonne und Mond, sondern seine Vorgesetzten. Er hat keine Zeit zum Verdauen, zum Entlausen, zum Kraulen. Auch er jault wie sein Vorfahre, aber nicht mehr nur dann, wenn er Schmerzen und Angst empfindet, sondern auch, wenn er wütend, verbittert, frustriert, verzweifelt oder erniedrigt ist. Der Vernünftige hat in den letzten paar Tausend Jahren so viele neue Gründe für das Jaulen gefunden und perfektioniert, dass es einen erstaunen kann. Er zittert noch immer, wenn ihm kalt ist, er schwitzt, wenn ihm warm ist, und er hat immer noch Angst. Auch in dieser Beziehung hat der Vernünftige seinen Vorfahren übertroffen: Außer vor Hyänen, Raubkatzen, Nashörnern, Bären und Blitzen fürchtet er sich vor der Zukunft, vor Kündigung, vor Gerichtsvollziehern und dem Tod.

Er hat außerdem die Fähigkeit zum Vorausschauen erworben. Er kann mit hundertprozentiger Sicherheit voraussagen, dass er auch morgen und auch an jedem weiteren Tag Hunger verspüren wird. Und dass er seine Notdurft verrichten muss. Allerdings hat er nicht gelernt, Erdbeben, Vulkaneruptionen und Tsunamis vorherzusehen oder die Kraft des Sturms und die Energie des Blitzes nutzbar zu machen.

Dafür hat er gelernt zu hasten. Immer schneller und schneller zu leben. *Homo celer.*

Beschleunigung

Wir sind in Eile. Und wir beschleunigen ständig. Das ist ein gesellschaftlich erwünschtes Verhalten. Wer nicht beschleunigt, ist verdächtig. Unproduktiv. Ein Parasit.

Die Beschleunigung existiert nicht erst seit gestern, sie wirkt seit 15 Milliarden Jahren. Die Evolution ist eine Geschichte der Beschleunigung – vom Urknall und den ersten Wasserstoff- und Heliumatomen, von den ersten thermonuklearen Explosionen der Sterne, die im Weltall neue Elemente und die ersten Galaxien ausspuckten, bis hin zu schnellen Bakterien, Geparden, bis zu Kimi Räikkönen und den Überschallflugzeugen.

Um was für eine Beschleunigung es sich handelt, können Sie sehr einfach erkennen – besuchen Sie eine Videothek und leihen Sie sich zwei James Bond-Filme aus. *Dr. No* von 1962 mit Sean Connery in der Hauptrolle und *Casino Royale* von 2006 mit Daniel Craig als Agent 007, zum Beispiel. Schauen Sie sich beide Filme genau an. In *Casino Royale* hat Bond es so eilig, das Ende des Films zu erreichen, dass er nicht einmal Zeit dafür hat, in Ruhe seinen trockenen Martini zu trinken. Shaken, not stirred. Die Szenen wechseln schnell, allein durch Augenzwinkern versäumt man so viele, dass man am Ende überhaupt nicht begreift, worum es geht.

Falls es dabei überhaupt um irgendetwas geht.

Der Mond, verwandelt in einen Hasen auf einem Waldweg in Lomska Duliba.

In der Natur ändern sich die Dinge mehr oder weniger schnell, alle Wesen haben ihren eigenen Rhythmus, und niemand hat es besonders eilig. Die Natur ist entspannt. Wann habt ihr je ein Tier in nervöser Eile und im Stress gesehen? Die Wesen der Natur beschleunigen ihren Bewegungsrhythmus nur in Extremsituationen, wenn sie jagen, wenn sie in Gefahr sind oder wenn sie durchdrehen.

Der Mensch ist ständig auf der Jagd oder in Gefahr oder dabei, durchzudrehen.

Das Leben und die Bedürfnisse des Hasen, den ich Ende Mai 2007 in Lomska Duliba auf dem Berg Velebit getroffen habe, haben sich seit der Zeit des Gebeugten nicht verändert. Er stand in der Kurve eines Waldweges, nur zwanzig Meter von mir entfernt, unbeeindruckt von dem Geräusch meines Autos, ohne jede Absicht zu fliehen.

Woher kommst du so früh, Freundchen? Der Hase ist ein Wesen der Nacht. Er sucht des Nachts nach Nahrung und Gesellschaft – die alten Kulturen zeigen ihn als einen geheimnisvollen Gefährten des Mondes, er taucht auf und verschwindet leise wie ein Schatten, auch der Mond selbst verwandelt sich manchmal in einen Hasen – wahrscheinlich hat eine ernsthafte Not ihn heute Morgen aus seinem Bau vertrieben. Der Hase weiß, wann er beschleunigen muss, wann er gelassen herumhüpfen und wann er sich ausruhen kann; wenn er das nicht wissen würde, wäre er an diesem Morgen nicht hier gewesen. Er schätzte die Situation offenbar als ungefährlich ein. Darum blieb er ruhig, hielt seine Ohren aber in Habtachtstellung.

Ich stellte den Motor ab und stieg aus. Der Hase bewegte sich nicht. Er blieb hocken in seinem eine Million Jahre alten Pelz, mit seinen eine Million Jahre alten Gewohnheiten und Bedürfnissen. Auf der anderen Seite stand ich. Dank der Sprache, der Schrift, der tausendjährigen Ansammlung von Erfahrungen, Wissen, Informationen und anderem Kleinkram stand ich nicht in einem uralten Pelz da, sondern in einer einige Jahre alten Windjacke, in geflickten Jeans und Wanderschuhen, mit einer Digitalkamera mit 10 Megapixel in der Hand, mit Bedürfnissen und Gewohnheiten, die sich von Jahr zu Jahr ändern, und zwar immer schneller. Als ich uns so betrachtete, war ich nicht sicher, wer von uns beiden auf dem langen Marsch namens Evolution das bessere Los gezogen hat.

Ein anderes Tier hatte es eilig, wahrscheinlich ein Bär auf der Flucht vor unseren Stimmen, der alles vor sich niederwalzte im Dickicht des nördlichen Velebit, unweit der Stelle, an der ein Abzweig vom Premužić-Wanderweg nach Gromovača führt. Mein Kollege Gordan Nuhanović und ich standen dort an diesem spätsommerlichen Morgen und lauschten dem Lärm aus der tiefen Talmulde, die mit Bergkiefern und Buchen bewachsen war. Wir sahen nichts, und ehrlich gesagt waren wir auch nicht von dem Wunsch getrieben zu erfahren, wer da unten so einen Lärm machte. Im Gegenteil, wir setzten mit hastigen Schritten unseren Weg nach Süden in Richtung des Veliki Alan-Passes fort.

Oder etwa jenes Veilchen, das in einer Felsspalte auf dem Čepuraši wuchs. Der Felsen, 60 Millionen Jahre alt, und die Pflanze, einen Monat alt. Der Felsen, der Dutzende Millionen Jahre dafür benötigte, um auf eine Höhe von über 1500 Meter über dem Meeresspiegel anzuwachsen und der immer noch nach oben strebt, und die Pflanze, die ihren Zyklus in einigen Monaten absolviert. Man sagt, dass wir dort, wo das Ewige dem Vergänglichen begegnet, den verborgenen Sinn des Lebens erkennen. Haben wir jedoch die Zeit, in solchen Momenten innezuhalten und über das, was wir sehen, nachzudenken?

Wir sind im Zustand einer ständig beschleunigenden Besorgnis. Die Situation ist absurd – je perfekter die Technologie, desto mehr arbeiten wir, unsere Verpflichtungen häufen sich, Fristen verkürzen sich. Wir verlieren den Verstand. In Eile hasten wir aneinander vorbei, tauschen Grimassen und zerfetzte Phrasen aus und verabschieden uns, ohne uns umzudrehen. Die Gelegenheiten für Treffen, für ruhige Gespräche, für gemeinsames Kaffeetrinken, die wir versäumt haben, werden nicht wiederkommen. Der morgige Tag ist nicht die Reprise des heutigen Tages.

Wie oft hat euch ein Freund gesagt, dass er euch nicht zu einem Ausflug begleiten kann, nicht mit euch trinken oder ins Kino gehen kann, weil er keine Zeit habe. Keine Zeit haben! Wer steuert unsere Zeit?

Der Zen-Lehrer Kōdō Sawaki hat in einer Rede lakonisch festgestellt: »Wenn du sagst, dass du keine Zeit hast, bedeutet das, dass du dich von etwas Äußerem versklaven lässt.«[3]

Im Wesentlichen benehmen wir uns wie Hamster im Laufrad. Wir rennen, solange wir Kraft haben, und am Ende erlöschen wir einfach. Unser ewiger Wunsch, anderswo zu sein und etwas anderes zu tun und eben das so schnell wie möglich zu erreichen, treibt uns zum ständigen Herausfahren aus unserer eigenen Haut. Da unsere Möglichkeiten begrenzt sind, der Wunsch aber stark, benötigen wir Hilfsmittel.

Wenn wir uns einmal mit Freunden zum Kaffee treffen, verwandelt sich unser Beisammensein sehr schnell in ein Gespräch mit denjenigen, die gar nicht am Tisch sitzen.

Wir, die hier sind, nehmen einander kaum wahr, es fällt uns schwer, uns auf das, was die anderen erzählen, zu konzentrieren.

Unsere Handys lenken unsere Gespräche. Sie spulen ihre widerlichen synthetischen Melodien ab, piepsen, schnattern, zischeln, vibrieren und blinken, und wir reagieren und tauschen Botschaften mit Abwesenden aus. Mit denen, die am Tisch anwesend sind, werden wir uns unterhalten, wenn wir auseinandergegangen sind, wir haben ja unsere Handys.

Oder das Auto. Theoretisch ist es als Mittel gedacht, mit dessen Hilfe wir eine Geschwindigkeit erreichen können, die die des Fußgängers bei Weitem übersteigt. Um schneller und einfacher Entfernungen zwischen zwei oder mehreren Punkten im Raum überbrücken zu können. Als ein Mittel, das unser Leben erleichtern soll. Doch in der Praxis sehen die Dinge anders aus. Wir benehmen uns auf der Straße nicht so, als würden wir uns am ganz gewöhnlichen Verkehr beteiligen und nur von Punkt A nach Punkt B fahren, sondern so, als würden wir an einem Rennen teilnehmen, von dem unser Leben abhängt und bei dem uns alle anderen als Gegner im Weg stehen. Wir fahren nicht hinter oder neben anderen, sondern liegen mit ihnen im Wettstreit. Wir versuchen, sie von der Straße zu drängen – wir wollen sie nicht überholen, sondern durch sie hindurchfahren, sie überfahren, aus dem Weg räumen. Wenn unser Auto größer, teurer und schneller ist, fühlt es sich an, als hätten wir mehr Rechte an dieser Straße, in diesem Leben.

Doch wie kann uns etwas das Leben erleichtern, das uns zu Schuldnern macht, uns, die wir für das Auto einen Kredit aufnehmen mussten?

Wir finden dort, wo das Ewige dem Vergänglichen begegnet, den verborgenen Sinn des Lebens. (Čepuraši am nördlichen Velebit)

Dieses Ding aus Eisen, Glas, Blech, Plastik, Gummi und Stoff hat uns zu Sklaven gemacht. Wir waschen und putzen es, tanken es voll, pflegen es, bangen um es, fahren zur Inspektion, stellen es in seinem eigenen Raum ab. Tun wir das Gleiche für uns selbst? Gehen wir regelmäßig zu den Vorsorgeuntersuchungen? Nehmen wir genug Vitamine und Mineralien zu uns? Besitzen wir einen gesonderten Raum, in dem wir schlafen, uns erholen, lesen und nachdenken können?

Wir haben es nicht nur eilig, wenn wir arbeiten. Wir eilen auch dann, wenn wir uns ausruhen.

Ich habe einmal zwei Damen aus Slowenien auf dem Velebit getroffen, Bergsteigerinnen, die schon auf vielen europäischen Gipfeln waren. Sie verbrachten zwei Nächte auf der Hütte. Morgens standen sie früh auf, wie es sich gehört, sie frühstückten, packten ihre Rucksäcke und zogen los. Sie kehrten am frühen Abend zurück, müde und zufrieden. Beim Abendessen berichteten sie, was sie an jenem Tag alles gesehen hatten, und prüften in ihrem Bergsteigerheft die Stempel der Gipfel, die sie erklommen hatten. Nach ihren Tagesrouten zu urteilen waren sie bei ausgezeichneter Kondition – das, was sie an einem Tag bewältigt hatten, schaffte ich in zwei oder drei Tagen. Während ich sie in ihrer Anspannung beobachtete, in ihrer Hast, fragte ich mich, ob es ihnen gelang, unterwegs irgendetwas wahrzunehmen, und ob sich in ihre Erinnerung irgendeine Szene eingeprägt hatte. Und dann packten sie am dritten Morgen ihre Sachen, setzten sich ins Auto und verschwanden auf der Suche nach neuen Gipfeln. In ihren Bergsteigerheften – auch das sei erwähnt – prangten die Stempel aller Gipfel des nördlichen Velebits.

Doch die Lage ist nicht ganz aussichtslos. Sobald wir einige einfache Dinge begriffen haben – zum Beispiel, dass wir dämlich aussehen, wenn wir auf der Straße zugleich laufen und laut erzählen und lachen und weinen, und zwar in ein Plastikgerät in den Maßen 105 x 45 x 12 mm, oder dass nicht das Auto das Wichtige ist, sondern der Ort, an den wir fahren –, haben wir schon gewonnen.

Von hier bis zum Gehenden ist es nur noch ein Schritt.

Das Parzellieren der Welt

»Einen Kreis auf den Boden zu zeichnen ist wie ein
Gefängnis zu bauen.«
Hsu-t'ang[4]

»Und wir, die wir so viel Raum und so wenig Zeit
haben, wir werden zu Nomaden.«
Annie Le Brun[5]

»Give me that horizon.«
Captain Jack Sparrow

Unendlicher Raum.

Raum, der alles verbindet und verknüpft, was sich in ihm befindet.

Alles Lebende und Nicht-Lebende.

Der ermöglicht, dass wir uns frei bewegen und Entdeckungen
machen.

Die Tatsache, dass bereits Millionen durch Patagonien gelaufen
sind, die Sahara durchquert haben oder nach China gereist sind,
was hat sie mit mir zu tun?

Und was, wenn so viele vor mir den Veliki Zavižan und den Alančić im nördlichen Velebit erstiegen haben?

Dass so viele vor mir den Veliki Zavižan und den Oštrc bestiegen haben oder dass sie zwischen den Felskuppen des Bojinac entlanggewandert sind und Wasser aus dem Smiljanić-Brunnen getrunken haben? Danica Vukušić, die Tochter von Dane Vukušić, einem wahren Velebit-Veteranen, bemerkte seinerzeit weise, dass der Mensch einen Berggipfel nicht erobert, sondern ihm nur begegnet.

Es handelt sich also nicht um einen Wettbewerb, sondern um eine Entdeckung.

Jeder entdeckt die Welt für sich, und jeder begegnet ihr für sich.

Niemand würde sagen: Wenn viele vor mir Célines Roman

Reise ans Ende der Nacht gelesen haben, warum sollte ich ihn dann lesen? Und niemand würde behaupten, dass er den Geschmack einer Litschi-Frucht nicht erfahren muss, da es viele vor ihm getan haben. Der Wikinger Leif Eriksson, der erste bekannte Europäer, der amerikanischen Boden betreten hat, hat Amerika nur für sich entdeckt. Kolumbus ebenso. Es können nicht andere für uns die Welt entdecken. Wir müssen sie selbst entdecken. Doch es gibt immer weniger freien Raum, zumindest auf der Erde. Im Verlauf der Jahrtausende hat der Säuger mit dem riesigen Gehirn (in dem häufig kranke und dumme Gedanken auftauchen) alles getan, damit der Raum jene Wesen, die in ihm leben, zu *trennen* beginnt: Er parzellierte ihn und errichtete Zäune, er verwandelte ihn in Koppeln, in denen es nur Platz gibt für eine bestimmte Art oder Gruppe von Menschen, die ein Interesse oder eine abstrakte Idee verbindet. Und so haben wir heute das, was wir eben haben: Erde, Himmel und Ozeane, parzelliert in größere und kleinere Gebiete, um die man sich ewig streitet und um die blutige Kriege ausgetragen werden.

Schon das bloße Ansinnen dieses Säugers, nach dem er nicht ein Teil, sondern der Besitzer der Erde und des Weltalls ist, und nachdem er das Recht hat, damit zu tun, was ihm beliebt, ist krank.

Zunächst umbaute er mit Schilf und Schlamm den Raum, in dem er wohnte, und nannte es Hütte. Danach umzäunte er mit Schilf und Dornengebüsch Hütten und ganze Dörfer. Danach umgrenzte er ganze Städte mit Steinwällen – das Meisterwerk jenes frühen Irrsinns, das bis heute unübertroffen geblieben ist, ist die einige tausend Kilometer lange Chinesische Mauer. Später umzäunte der denkende Säuger kleinere oder größere Räume, deren Umfang und Bestimmung von Bauernhöfen, Industrieeinrichtungen, Gefängnissen und Konzentrationslagern über Militärbasen, großen privaten Grundstücken und Autobahnen bis hin zu ganzen Städten und Staaten variierten, mit Mauern aus Stahlbeton und Stacheldraht, durch den er bisweilen auch Strom fließen ließ.

Häufig sind die Grenzen unsichtbar; sie sind auf Papier gezeichnet, während in der Natur nur an einigen Punkten der gedachten Linie Tafeln, Schlagbäume, Stacheldraht und Bunker aufgestellt sind.

STAATSGRENZE! BEGRENZTE BEWEGUNGSFREIHEIT!
MILITÄRBASIS!
PRIVATBESITZ, DURCHGANG VERBOTEN!

Die Staatsflaggen sind ein Akt, der äquivalent ist zum Markieren des Reviers durch Urin in der Tierwelt, sie werden unter Wasser, auf Gletschern, unter dem arktischen Eis, auf dem Mond gehisst. Man beansprucht auch die Luft über dem parzellierten und einverleibten Land und Wasser sowie die Erdkruste unter diesem Raum mit all ihren Mineralien, Gas- und Ölvorkommen. In den letzten

Reste der Berliner Mauer in Friedrichshain

Es können nicht andere für uns die Welt entdecken. Wir müssen sie selbst entdecken. (Premužić-Pfad in Čepuraši im nördlichen Velebit)

Jahrzehnten wird die chinesische Art wieder modern: Zwischen einzelnen Staaten werden hohe Mauern aus Stahlbeton errichtet, die Hunderte Kilometer lang und mit sophistizierter Elektronik ausgestattet sind, die den Flug eines Schmetterlings von der einen zur anderen Seite registrieren können. Und all das im Namen einer fixen Idee.

Wenn ihr heute versucht, zu Fuß ein derart eingezäuntes Grundstück zu betreten, könnt ihr sehr leicht einen über die Rübe bekommen oder euch eine Kugel einfangen. Selbst wenn es in der Natur keinen sichtbaren Zaun gibt, wenn es sich nur um eine auf einem Blatt Papier oder in Gedanken von irgendjemandem gezogene Linie handelt, kann so etwas leicht geschehen. Wenn ihr glaubt, dass ich übertreibe, versucht doch mal eine Blume in Nachbars Garten zu pflücken, wie Charles Bukowski es einmal ausdrückte.

Allerdings ist es innerhalb der größeren Parzellen, vor allem jener, die man Staaten oder Länder nennt, möglich, freien Raum für das Wandern zu finden, groß genug, um tagelang, ja sogar wochenlang zu gehen, ohne auf einen Zaun zu stoßen, weder in der Natur noch in irgendjemandes Kopf. Die Steppen der Mongolei, die Wüste Takla Makan, die Hochebene Altiplano, die tibetische Hochebene, der Velebit ... Dort, wo die privaten Besitztümer aufhören, so ein Freund von mir, beginnt das freie Territorium.

Auch auf kleineren Grundstücken, sogar auf ganz winzigen, kann man Freiraum für das Gehen finden; dort sind sogar sehr aufregende Touren möglich. Zum Beispiel im Museum Guggenheim in Bilbao.

Museen und Galerien sind eigentlich schrecklich anstrengende Orte für das Gehen. Und auch sonst: Nirgendwo erschöpfe ich so schnell wie in derartigen Räumlichkeiten. Die abgestandene, ver-

Innerhalb der größeren Parzellen, vor allem jenen, die man Staaten oder Länder nennt, ist es möglich, freien Raum für das Wandern zu finden, groß genug, um tagelang, ja sogar wochenlang zu gehen, ohne auf einen Zaun zu stoßen – weder in der Natur noch in irgendjemandes Kopf. (Die Seen im nördlichen Velebit und der Berg Krug oberhalb Livnos mit dem Cincara im Hintergrund)

brauchte Luft, das kranke Licht, die eintönigen, glatten Pfade durch die Räume. Vor allem erschöpft mich die Menge des Ausgestellten. Ich weiß nicht, wer unversehrt aus der Lawine der Exponate in Museen und Galerien hervorkommt. So hat mich einmal im Centro de Arte Reina Sofía in Madrid Picasso beinahe erschlagen. Eigentlich wollte ich *Guernica* sehen, das seit 1992 zur Dauerausstellung dieses Museums gehört, doch ich geriet in die Sonderausstellung der Kollektion aus dem Pariser Musée National Picasso, tausende Bilder, Skulpturen, Keramiken, Zeichnungen, Skizzen Picassos, und bis ich begriff, dass es wirklich überhaupt keinen Sinn hatte zu versuchen, all das zu sehen, war es zu spät – schon war ich zugeschüttet, überrollt. Es wäre alles in Ordnung gewesen, wenn dort nur der *Stierkopf* ausgestellt worden wäre, diese humorvolle Skulptur aus Sattel und Lenker eines Fahrrads. Oder eben *Guernica* oder irgendein anderes Werk. Das wäre eine eindrucksvolle Begegnung gewesen. Das ewig menschliche Bedürfnis, Dinge anzuhäufen – Geld, Nahrungsmittel, Kleidung, Kunstwerke, einfach alles –, verhinderte sie.

Kennt hier niemand die Geschichte von der Zaunwinde des Teekünstlers Sen no Rikyū, dachte ich, während ich das Museum verließ. Jene, in der der Heerführer und Staatsmann Toyotomi Hideyoshi von den herrlich aufgeblühten Zaunwinden in Rikyûs Garten hörte und den Wunsch bekam, sie zu sehen. Doch als er am nächsten Tag Rikyûs Garten betrat, gab es dort keine Spur von Zaunwinde. Als er aber in den Teeraum kam, blieb Hideyoshi wie angewurzelt stehen: In der Nische des Teezimmers stand in einer Vase eine einzige, einsame blühende Zaunwinde.

Ich bedauere nicht, dass ich an jenem Tag das Reina Sofía besuchte; dort stand ich lange vor einer einsamen Leinwand des Hermenegildo Anglada Camarasa, an die ich mich noch heute erinnere. Das Bild trägt den Namen *Retrato de Sonia de Klamery*.

Die Installation von Richard Serra, *The Matter of Time,* im Guggen-heim-Museum in Bilbao ist etwas ganz anderes. Ich könnte tagelang die sich dahinschlängelnden Pfade entlanggehen, die von kurvi-gen, vier Meter hohen und Dutzende Meter langen Wänden aus Cortenstahl eingefasst sind – durch die gewundenen und doppelt gewundenen Spiralen und Ellipsen, durch die Skulpturen: *Snake, Between the Torus and the Sphere* und *Blind Spot Reversed.* Nachdem ich dieses Labyrinth zum ersten Mal betreten hatte, verlor ich das Gefühl für die Zeit. Ich lief lange vollkommen ruhig und entspannt, ohne Müdigkeit zu spüren. Ich hörte das Gemurmel der Besucher, aber ich konnte sie nicht sehen. Ich traf andere Menschen; sie tauch-ten plötzlich vor mir auf, wir gingen aneinander vorbei, und ehe ich mich nach ihnen umgedreht hatte, waren sie schon verschwunden, die Krümmungen hatten sie verschluckt. Es waren auch Kinder da, sie holten mich rennend ein, und nachdem sie hinter der nächsten Kurve außer Sicht geraten waren, hörte ich noch für einige Zeit das Echo ihrer Schritte und ihres Lachens.

Genauso wenig wie mit Museen kann ich mich mit Stadtparks anfreunden. Es liegt etwas Trauriges, Hoffnungsloses in diesem Stückchen Natur, etwas, das auch gefangenen, dressierten Wildtie-ren eigen ist oder schlecht gearbeiteten dritten Zähnen und dem rabenschwarz gefärbten Haar, das ein von Falten durchfurchtes Gesicht umrahmt. Wenn ich durch Parks laufe, fühle ich mich nicht selten wie ein stummer Beobachter der Gewalt. So wäre auch der Hofgarten, trotz seines königlichen Namens und seiner Vergangen-heit (oder eben darum) für mich nur ein Park wie andere, wenn es nicht die Verse aus T. S. Eliots *Das wüste Land* gäbe, wegen denen ich immer, wenn mich mein Weg nach München führt, dorthin gehe und auf den Wegen entlang der Kollonaden spazieren gehe:

Sommer überfiel uns, kam über den Starnberger See
Mit Regenschauer; wir rasteten im Säulengang
Und schritten weiter im Sonnenlicht in den Hofgarten
Tranken Kaffee und plauderten eine Stunde.
Bin gar keine Russin, stamm' aus Litauen, echt deutsch.[6]

Am Ende setze ich mich in das alte Café am Eingang des Hofgartens, trinke Kaffee, beobachte die Menschen, denke über diese Deutsche aus Litauen nach, die gar keine Russin ist, über den Starnberger See und Ludwig II., über Veneras Höhle und das Kreuz im flachen Seewasser, über Madame Sosostris und ihr widerliches Kartenspiel, über den ertrunkenen phönizischen Seemann und über die Dame der Felsen und über diverse andere Übereinstimmungen.

Die Zeit

»Ihr wollt die Zeit messen, die maßlose und
unermessliche.«

Khalil Gibran[7]

»Ich habe nichts gesehen auf meiner Reise,
doch ich atmete – Zeit.«

Ikkyū Sōjun[8]

Es handelt sich nur um einen Augenblick. Um den Augenblick, in
dem ich diesen Satz niederschreibe, um den Augenblick, in dem ihr
ihn lest. Wir haben nur das, nur das ist uns gegeben. Weder die Vergangenheit noch die Zukunft, sondern nur dieser kurze Augenblick
der Gegenwart.

Er ist alles, was wir haben und was wir haben können.
Er ist unsere Ewigkeit.

Seneca meinte, dass auf dieser Welt nichts wertvoller sei als unsere
Zeit. In seinem Disput *De brevitate vitae – Die Kürze des Lebens*
schreibt er darüber, dass das menschliche Leben nicht zu kurz sei,

was viele beklagten, sondern dass es die Menschen selbst so kurz machten, indem sie ihre Zeit sinnlos verbrauchen und erst auf dem Sterbebett begreifen würden, dass sie überhaupt nicht gelebt hätten. Deshalb betrachtete er es als die höchste Form der Dummheit, die Gegenwart für irgendein Ziel in der Zukunft zu opfern. »Kann es etwas Törichteres geben als das Denken der Menschen, ich meine jener, die sich ihrer Klugheit rühmen? Allzu mühsam sind sie beschäftigt: Auf Kosten ihres Lebens richten sie ihr Leben ein, um besser leben zu können. Sie legen ihre Pläne auf lange Sicht an. Aber der größte Verlust an Leben ist das Aufschieben: Es entreißt uns einen Tag nach dem andern, es bringt uns um das Gegenwärtige, indem es Entferntes verspricht. Das größte Hindernis für das Leben ist die Erwartung, die am Morgen hängt und das Heute vertut. Du schaltest mit dem, was in der Hand des Schicksals liegt, was in deine Hand gelegt ist, lässt du dir entgehen.«[9]

Kōdō Sawaki formulierte diesen Gedanken in einer anderen Zeit und einer anderen Kultur folgendermaßen:

»Wenn dein Ziel in der Zukunft liegt, dann ist es schon zu spät.«[10]

Es liegt nur an uns, wie wir die eigene Zeit benutzen. Ob wir erlauben, dass andere über sie verfügen und uns dabei in programmierte Maschinen verwandeln, wie es Jacques Attali ausdrückte, oder ob wir Maschinen benutzen wollen, damit wir uns unsere eigene Zeit erschaffen, an die wir dann den Rhythmus des eigenen Lebens anpassen, oder ob wir sie jemand anderem zur Verfügung stellen. Wie die Dinge derzeit stehen, haben wir einen wichtigen Kampf verloren: Wir haben unsere eigene Zeit anderen zur Verfügung gestellt und nur wenig davon für uns gelassen; wir haben erlaubt, dass unser Rhythmus von Verpflichtungen und nicht von wirklichen Bedürfnissen bestimmt wird.

In der Natur gibt es keine Jahre, Monate, Stunden, zehntel oder tausendstel Sekunden. Ein Wurm, ein Ahorn, ein Luchs, ein Lurch, sie alle kümmern sich überhaupt nicht um die Bewegungen der Uhrzeiger; sie richten sich nach der Sonne. Der Mensch hat die Zeit definiert, sie zerstückelt und zerschnipselt, er hat Maschinen für ihre Messung erfunden – und sich zum Sklaven der eigenen Begriffe und Werkzeuge gemacht. Die Uhr wurde nicht deshalb erfunden, damit wir wissen, wann wir hungrig, müde, krank, glücklich sind oder ob wir zu spät zu einem Treffen mit Freunden kommen. Sie wurde erfunden, damit wir nicht zu spät zur Arbeit kommen, damit man uns eine Norm aufzwingen kann, um unsere Arbeitsleistung messbar zu machen. Damit wir uns auf die Sekunde pünktlich an einem Fließband, neben einer Maschine, am Schreibtisch, am Schalter, hinter dem Lenkrad, auf der Baustelle oder wo auch immer einfinden, um dann Befehle befolgen zu können. Unser Leben reduziert sich auf das Zappeln in einem dichten Netz aus Stunden, Minuten und Sekunden, das uns erdrückt und erstickt und am Ende tötet.

Wenn wir am Morgen aufwachen, haben wir dann Zeit, um uns fünf Minuten im Bett zu räkeln und zu gähnen und uns zu kratzen, um den Geräuschen zu lauschen und durch das Fenster zu schauen und zu erraten, mit welchem Wetter wir an diesem Tag zu rechnen haben?

Oder stehen wir sofort auf, um dann eine Reihe schneller, automatischer Handlungen folgen zu lassen:

• Pantoffeln anziehen
• In die Küche gehen
• Wasser für Tee / Kaffee aufsetzen
• Zur Toilette gehen

- Ins Badezimmer gehen
- Duschen
- Das Gesicht waschen
- Zähne putzen
- Tee / Kaffee zubereiten
- Anziehen
- Brot schneiden
- Butter / Marmelade / Honig aufs Brot streichen
- Die Nahrung in den Mund stopfen
- Die unzerkaute Nahrung schlucken
- Tee / Kaffee trinken
- Pantoffeln ausziehen
- Schuhe anziehen
- Die Wohnung verlassen

Dabei denken wir die ganze Zeit fieberhaft an die Aufgaben, die uns erwarten, an die Pflichten, die Treffen, die Termine. Und entsagen leichtfertig der Gegenwart. Wir sehen nicht, wie das Tageslicht durch die Fenster fällt, wir hören nicht das Geräusch des Wassers, während wir die Teekanne befüllen, wir spüren nicht den Geschmack des Roggenbrotes und des Honigs, wir vermögen nicht, uns dem Duft des Tees hinzugeben ... Kurzum, wir wissen nicht, wie man die Zeit einatmet. Und wie viele unbewusste und automatische Bewegungen machen wir erst bei der Arbeit, der wir nachgehen.

Man hört häufig die Rechtfertigung, dass der Mensch nicht alles zum Teufel schicken könne, da er an seine Familie denken, die Kinder großziehen und für ihre Ausbildung sorgen, Strom und Miete zahlen müsse. Man sagt, wir hätten keine Wahl. Blödsinn! Wir hatten immer und haben immer eine Wahl. Das, was uns manchmal fehlt, sind Mut und Risikobereitschaft. Wir schalten selten unser Gehirn ein, wir verlassen uns zu wenig auf die eigenen Einschätzungen, wir stellen ungern unser eigenes Leben auf den Prüfstand, genauso wie wir nur ungern die Richtung ändern, in die wir gehen, und es ist für uns beinahe unvorstellbar, von Zeit zu Zeit ins Leere zu springen. Es ist viel leichter, es den anderen zu überlassen, für uns nachzudenken und zu entscheiden. Und dann auf eine Kündigung, Beförderung, die Rente, den Tod, auf was auch immer zu warten.

Deshalb wird die Welt von einer kleinen Gruppe von Menschen regiert. Die anderen, die übrigen sechs, sieben Milliarden, machen das, was man ihnen sagt.

Liste überflüssiger Dinge

»Es ist kein großer Unterschied, ob man auf einer Farm
eingesperrt ist oder in einem Gefängnis.«
Henry David Thoreau[11]

»Wir haben geträumt, dass wir uns selbst und die Welt
ändern werden, von Wissen und Bildung, und gestolpert sind wir über ein Paar Levis-Jeans.«
Ljiljana Đorđević[12]

Nichts von dem, was andere uns wegnehmen oder stehlen können,
gehört wirklich uns. Der Geldbeutel, der mir vor langer Zeit im
Restaurant Zagorec in der Frankopanska-Straße gestohlen wurde,
gehörte nicht mir. Das Auto, das man mir direkt vor meinem Haus
geklaut hat, gehörte ebenfalls nicht mir. Die Bücher und die Schall-
platten, die sich jemand bei mir geliehen, aber nie zurückgegeben
hat, gehörten mir auch nicht. Der Computer, an dem ich das hier
schreibe, die Tasse, aus der ich in diesem Augenblick Tee trinke,
der CD-Player, der gerade das Streichquartett Nr. 2 in D-Dur von
Alexander Borodin abspielt, der uralte Verstärker und die Lautspre-
cher – all das gehört mir nicht. Die Finger, mit denen ich tippe, die
Augen, mit denen ich sehe – auch sie gehören mir nicht. Man kann
sie mir schon im nächsten Krieg abschneiden oder ausstechen.

Meine Gedanken, die gehören mir.

Und dennoch widmen wir unser ganzes Leben dem Anhäufen von Dingen. All die Schuhe, Stiefel, Mäntel, Jacken, Hosen, Hemden, T-Shirts, Pullover, elektrische Apparate, Töpfe, Bücher, CDs, Teller, Tassen und Gläser, die wir in unsere Wohnungen schleppen, wozu brauchen wir all das? Haben wir überhaupt leeren Raum in unseren Zimmern, können wir uns in aller Breite und Länge darin ausstrecken, können wir tanzen, springen, können wir atmen?

Die östlichen Kulturen verstehen die Leere zu schätzen. Nach Lao-Tse liegt der Nutzen eines Gefäßes nicht in dem Ton, aus dem es hergestellt wurde, sondern in seiner Leere. Genauso wie der Nutzen eines Zimmers nicht in den Wänden, sondern in Türen, Fenstern und dem leeren Raum liegt.

»Darum: Was ist, dient zum Besitz
Was nicht ist, dient zum Werk.«[13]

Als Kinder des Westens schätzen wir die Formen mehr als die Leere. Der Besitz ist die Grundlage unserer Existenz. Ich besitze, also bin ich. Deshalb verbringen wir den größten Teil unseres Lebens, indem wir schwer arbeiten, um jene Dinge zu bekommen, die wir eigentlich nicht brauchen. Wer heute durch ein Shopping-Center läuft, kann die Worte von Sokrates wiederholen, der einst, als er Luxusgegenstände, die zum Verkauf angeboten wurden, erblickte, bemerkte: »Wie viel gibt es von jenem, was ich nicht brauche.«
Wir stehen unter ständigem Druck. Fernsehen, Zeitungen, Radio, Werbetafeln und Litfaßsäulen am Straßenrand, Internetportale, Flyer im Postkasten, aus allen Richtungen wird gerufen:

KAUFT!

VERBRAUCHT!

Und wir unterwerfen uns. Wir nutzen jedes SONDERANGE-BOT, jeden SCHLUSSVERKAUF, jeden AUSVERKAUF, um das eine oder andere weitere Ding in unsere übervollen Wohnungen zu stopfen. Dabei sind wir überzeugt davon, dass wir die Besitzer der Gegenstände sind, die wir gekauft haben, doch sie sind eigentlich die Köder, und wir sind die Beute. Die Jäger sind all diejenigen, die von unserem Hunger und unserer Sucht leben, von unserem fieberhaften Wunsch nach Besitz.

Mentale Ertüchtigung:

- Lasst uns eine Auflistung der Dinge machen, die wir besitzen.
- Lasst uns ausrechnen, auch wenn es nur ungefähre Werte sind, wie viel Geld wir dafür ausgegeben haben.
- Lasst uns ausrechnen, wie viel Zeit wir benötigt haben, um dieses Geld zu verdienen. Lasst uns erinnern und aufschreiben, was wir alles tun mussten, um es zu verdienen.
- Lasst uns darüber nachdenken, ob wir die Zeit und das Geld hätten klüger verwenden können.

Henry David Thoreau hat am eigenen Beispiel gezeigt, wie wenig der Mensch im Grunde braucht. Zwei Jahre, zwei Monate und zwei Tage, vom 4. Juli 1845 bis zum 6. September 1847, lebte er in einem Häuschen, das er selbst am Ufer des Waldensees erbaut hatte (es hatte ihn 28 Dollar gekostet). Er verdiente zum Leben »ausschließlich durch seiner Hände Arbeit«, durch Landwirtschaft, durch Verkauf der Früchte seiner Erde und bis zu einem gewissen Ausmaß durch Tagelohnarbeit. Und seine Erfahrungen hat er in dem Buch *Walden* beschrieben. Wollte man in einem Satz erklären, worüber Thoreau in diesem Buch spricht, könnte man sagen, dass er über das einfache Leben und die menschliche Würde spricht. »Die meisten Menschen haben niemals darüber nachgedacht, was ein Haus eigentlich ist. So sind sie tatsächlich, wiewohl unnötig, ihr ganzes Leben lang arm, weil sie denken, sie müssten ein Haus haben wie das ihres Nachbarn. Als ob jemand jeden vom Schneider für ihn zugeschnittenen Rock tragen müsste! Oder nach und nach seinen Basthut und seine Kappe aus Murmeltierfell ablegen und sich dann über die schlimmen Zeiten beklagen dürfte, weil man sich keine Krone kaufen kann. Man kann sehr wohl ein bequemeres und prächtigeres Haus erfinden als das unsere, und doch könnte es sich [nicht] jeder leisten. Sollen wir uns denn immer bemühen, ein Meer an irdischem Besitz zu erlangen und uns nicht manchmal lieber mit weniger begnügen? Soll dann der ehrenwerte Bürger in Wort und Beispiel weiter nachdrücklich lehren, der junge Mann müsse sich vor seinem Tode unbedingt eine bestimmte Anzahl überflüssiger Gummischuhe und Regenschirme anschaffen, dazu leere Gastzimmer für leere Gäste?«[14]

Im Verlauf der Zeit haben viele – meist vergeblich – auf dieses Problem verwiesen. Epikur hat es folgendermaßen zusammengefasst: »Der naturgemäße Reichtum ist begrenzt und leicht zu beschaffen, der durch eitles Meinen erstrebte läuft dagegen ins Grenzenlose aus.«[15]

Das »eitle Meinen«, die »leere Einbildung« Epikurs hat Alain de Botton in seinem *Trost der Philosophie* als jene dechiffriert, die nicht »die natürliche Hierarchie unserer Bedürfnisse« widerspiegeln, sondern »Luxus und Reichtümer« betonen, »nur selten aber Freundschaft, Freiheit und Reflexion«. »Die Vorherrschaft leerer Einbildung ist kein Zufall«, setzt de Botton fort. »Es dient den Interessen der Wirtschaftsunternehmen, die Hierarchie unserer Bedürfnisse auf den Kopf zu stellen, eine materielle Sicht des Guten zu fördern und eine unverkäufliche abzuwerten. Und geködert werden wir durch die schlaue Kopplung von überflüssigen Dingen mit unseren anderen, vergessenen Bedürfnissen. Es kann sein, dass wir schließlich einen Jeep erwerben, gestrebt aber haben wir – so Epikur – nach Freiheit.«[16]

Das Problem besteht darin, dass niemand derartige Warnungen hören möchte und noch weniger darüber nachdenken will. So ist dem Menschen das, was er hat und darstellt, immer noch wichtiger als das, was er ist. Gewisse uralte Rituale wurden wiederbelebt und unserer Zeit angepasst: So wie einige amerikanische Ureinwohner geglaubt haben, dass sie, indem sie sich in Wolfsleder hüllten, auch bestimmte Eigenschaften des Wolfes annahmen, so glauben wir heute, dass die Häuser, die wir bewohnen, die Kleidung, die wir tragen, die Autos, die wir fahren, die Sprays, mit denen wir uns besprühen – dass all das uns bestimmte Eigenschaften verleiht, die wir sonst nicht hätten. Dass uns das neue Handy nicht nur unendlich glücklich machen würde, sondern mit all jenen eingebauten Schnickschnacks zugleich erleuchten könnte. Und dann würden wir auf einmal die Stringtheorie begreifen, die Quantenchromodynamik würde uns eingängig werden, wir würden auch wissen, wie sich Gott gefühlt haben muss, bevor er sagte: »Es werde Licht«, und die Abende würden wir nicht mehr vor der Glotze verbringen, sondern die Winterreise von Franz Schubert hörend und Montaignes Essays lesend – was uns noch bis gestern wie eine unerträgliche Plackerei vorgekommen wäre.

Der heutige Imperativ lautet: zu haben und auf dem Laufenden zu sein. Das neueste Modell haben und wissen, was in jedem einzelnen Moment mit allen geschieht, überall, mit Ausnahme dessen, was mit uns geschieht.

In seinem Buch *Die ewige Philosophie* spricht Aldous Huxley darüber, dass das zwanzigste Jahrhundert unter anderem auch das Jahrhundert des Lärms sei. »Physischer Lärm, geistiger Lärm und der ganze Lärm der Wünsche – wir halten den Weltrekord in diesen Disziplinen. Kein Wunder! Alle Mittel unserer schon fast übernatürlichen Technik werden heute im Generalangriff auf das Schweigen eingesetzt. Die beliebtesten und einflussreichsten aller neuen Erfindungen, die Medien, sind vor allem Kanäle, durch die uns präfabrizierter Lärm ins Haus gepumpt wird. Und dieser Lärm dringt viel tiefer als bis zum Trommelfell. Er dringt in den Geist und füllt ihn mit verwirrender Ablenkung – mit Nachrichten, unzusammenhängenden Brocken, Schüben wilder oder sentimentaler Musik und ständig wiederholten Dosen eines Dramas, das keine Katharsis mit sich bringt, sondern nur ständiges Verlangen nach emotionaler Entladung. Und wo die Sender sich durch den Verkauf von Reklamezeit finanzieren (was in den meisten Ländern der Fall ist), dringt der Lärm von den Ohren in die Phantasie, das Gedächtnis und die Gefühle und von dort in die Zentrale aller Wünsche. Gesprochen, gesungen, geschrien oder gedruckt, über den Äther oder auf Papier – Reklametexte zielen immer zumindest unbewusst darauf ab, uns am Schweigen zu hindern. Aber die Überwindung des Verlangens ist die Voraussetzung für Befreiung und Erleuchtung. Eine systematische Massenproduktion, die immer raffinierter wird und immer weiter ausgreifen will, ist auf universelle Unersättlichkeit angewiesen. Reklame ist das organisierte Mittel zur Intensivierung der (meist künstlich erzeugten) Wünsche und Bedürfnisse. Und gerade die sind (wie die Heiligen und Lehrer der höheren Religionen immer gezeigt haben) die Hauptursache aller Leiden und üblen Verhaltensweisen und das größte Hindernis, wenn wir den göttlichen Urgrund wahrnehmen und glücklich werden wollen.«[17]

Die erste Ausgabe dieses Werkes wurde 1944 veröffentlicht. Die Waffen für die Zerstörung der Stille und für die Produktion des Begehrens sind inzwischen genauso wie die Waffen für Massentötung und Vernichtung beinahe perfekt geworden, während wir, die wir den ständigen Lärmsalven ausgesetzt sind, vollständig die Orientierung verloren haben. Wir hören nicht, wir sehen nicht, wir verstehen nicht, und falls wir nach all dem noch etwas verspüren, dann ist es Leere. Eine riesige Leere klafft in uns, und wir müssen etwas tun, um sie zuzuschütten.

Kauft!, schlägt man uns vor.

Und wir kaufen. Wie von Sinnen kaufen wir Schuhe, Teppiche, Sessel, Töpfe, Gläser, Teller, Tassen, Küchenmaschinen, Wasch- und Spülmaschinen, Regale, Teflonpfannen, immer schmalere Fernseher und Handys, immer stärkere und schnellere Computer und Autos. Wir klammern uns krampfhaft an Dinge, weil wir nichts in uns haben, an das wir uns halten könnten. Wir kaufen immer neue Kleidung, vor allem irgendwelche Fetzen, die fremde Kinder in Asien unter unmenschlichen Bedingungen für einen oder zwei Dollar pro Tag genäht haben. Wir sind auf eine solche Stufe der Dummheit gefallen, dass wir ausgewaschene und zerrissene Kleidung als neu kaufen, und wir bezahlen auch noch üppig dafür, wir kaufen und kaufen. Die Leere können wir trotzdem nicht füllen, den schrecklichen Hunger nicht stillen.

Den Hunger, der uns verunstaltet hat, uns in Automaten zum Verdienen und Verbrauchen verwandelt hat.

Lasst uns uns also von diesem Hunger befreien. Das, was wir tatsächlich brauchen, wird nicht in der Reklame beworben, es findet sich nicht in Geschäften, und es kann nicht mit Geld gekauft werden. »Frage deine Seele!«, hat Hermann Hesse empfohlen. »Frage nicht deinen Verstand, suche nicht die Weltgeschichte nach rückwärts durch! Deine Seele wird dich nicht anklagen, du habest dich zu wenig um Politik gekümmert, habest zu wenig gearbeitet, die Feinde zu wenig gehasst, die Grenzen zu wenig befestigt. Aber sie wird vielleicht klagen, du habest allzu oft vor ihren Forderungen Angst gehabt und dich geflüchtet, du habest nie Zeit gehabt, dich mit ihr [...] abzugeben [...], du habest sie oft um Geld verkauft, um Vorteile verraten. Und so sei es Millionen gegangen, und wohin man blicke, da machen die Menschen nervöse, gequälte, böse Gesichter, hätten keine Zeit, außer fürs Unnützeste, für Börse und Sanatorium, und dieser hässliche Zustand sei nichts anderes als ein warnender Schmerz, ein Mahner im Blut. Nervös und lebensfeindlich – so sagt deine Seele – wirst du, wenn du mich vernachlässigst, und wirst es bleiben und wirst daran untergehen [...]. Von hier aus betrachtet, sieht Europa aus wie ein Schläfer, der in Angstträumen um sich haut und sich selber verletzt. [...] Kriege führen auch die Ameisen, Staaten haben auch die Bienen, Reichtümer sammeln auch die Hamster. Deine Seele sucht andere Wege, und wo sie zu kurz kommt, wo du auf ihre Kosten Erfolge hast, blüht dir kein Glück. Denn ›Glück‹ empfinden kann nur die Seele, nicht der Verstand, nicht Bauch, Kopf oder Geldbeutel.«[18]

Die Stille

»Sechundsechzig Mal haben diese Augen die wechseln-
den Szenen des Herbstes gesehen.
Ich habe genug vom Mondschein gesagt.
Und stelle keine Fragen mehr.
Lausche nur der Stimme der Kiefern und Zedern, wenn
nicht der leise Wind sich regt.«
Ryo-Nen[19]

Ein Tag ohne Zeitung, Fernsehen, Radio und Internet. Ohne all jene
Gesichter, auf deren Stirnen scheinbar »Ich bin so wichtig und klug«
geschrieben steht, die uns von den Titelseiten und den Fernseh- und
Radiosendungen anspringen. Ein Tag ohne die lästige Reklame mit
satten und gesunden Frauen und Männern, mit ihrer gepflegten
Haut, ihrem gepflegten Haar, ihren gepflegten Nägeln und weißen
Zähnen und ihren weichen rosaroten Kindern, allesamt zufrieden
und glücklich, weil sie irgendein neues Ding gekauft haben, ihre
Zähne mit einer neuen Zahnpasta geputzt oder weil sie einen Kredit
mit einem freundlichen Zinssatz aufgenommen haben.
   Ein ruhiger und stiller Tag.

Wir haben gehört, was Huxley von dem Angriff auf die Stille hält.
Goethe hat seinerzeit eine noch radikalere Lösung vorgeschlagen:

»Wir sprechen überhaupt viel zu viel. Wir sollten weniger sprechen und mehr zeichnen. Ich meinerseits möchte mir das Reden ganz abgewöhnen und mich wie die organische Natur in lauter Zeichnungen ausdrücken. Jener Feigenbaum, diese kleine Schlange, der Kokon, der dort vor dem Fenster liegt und seine Zukunft ruhig erwartet, all das sind inhaltsschwere Zeichen; ja, wer nur ihre Bedeutung recht zu entziffern vermöchte, der würde alles Geschriebene und alles Gesprochene bald zu entbehren imstande sein! Je mehr ich darüber nachdenke, es ist etwas so Unnützes, so Müßiges, ich möchte fast sagen Geckenhaftes im Reden, dass man vor dem stummen Ernste der Natur und ihrem Schweigen erschrickt, sobald man sich ihr vor einer einsamen Felsenwand oder in der Einöde eines alten Berges gesammelt entgegenstellt!«[20]

Ist also endlich die Zeit gekommen zurückzuschlagen? Sich den Angreifern auf unsere Stille und unseren Frieden zu widersetzen? Aufzuhören, Zeitungen zu kaufen, Fernsehen zu schauen? Die Inhalte, die die Medien uns bieten, haben oft wenig Substanz, entbehren gründlicher Recherchen, sind wenig glaubwürdig, in den Unterhaltungssendungen benehmen sich die Menschen wie stumpfe, gebrochene, dressierte Tiere.

Die Flimmerkiste hat uns schon vor langer Zeit von der Wirklichkeit abgeschnitten, jetzt zermalmt sie uns ganz und gar. Während wir die gestellte Freude jener unglücklichen Gestalten betrachten, die uns dort vorgeführt werden, ihre erfundenen Leiden, haben wir da nicht vergessen, dass wir selbst glücklich sein können, dass wir selbst leiden, dass auch wir häufig erniedrigt werden? Während wir beobachten, wie sie schlagen und Schläge einstecken, haben wir da nicht vergessen, wie weh es tut, wenn wir Schläge austeilen und empfangen?

In unseren Fenstern wird das Leben ununterbrochen und direkt gesendet.
Wie häufig verfolgen wir diese Übertragung?
(Die Straße Skokov Prilaz im Zagreber Stadtteil Utrine)

Nächste Doppelseite: Hören wir lieber das Rattern der vorbeifahrenden
Straßenbahnen und das Brausen der Autos und das Rauschen der
Frühlingsblätter und die Schritte im Treppenhaus und den Gesang eines
Rotkehlchens und das Krächzen der Dohlen, die über Mirevo dahinfliegen.

An einem solch stillen Tag hören wir lieber einen heftigen Streit oder freudigen Lärm aus der Nachbarschaft. Diese Menschen schlagen sich oder vergnügen sich für gewöhnlich zu Zeiten, die uns nicht passen, in einer Lautstärke, die uns nicht passt, bei Musik, die wir nicht ertragen, aber solange sie das tun, ist alles gut – wir wissen, dass wir nicht allein auf der Welt sind. Aus unserem Nickerchen am Nachmittag möge uns nicht das Geheule eines verlassenen Deppen aus einer Seifenoper aufschrecken, sondern das Martinshorn der Notambulanz in unserer Straße. Jemand neben uns hat wirkliche Probleme, jemand hat den Kampf aufgegeben, hat den Strohhalm fallen lassen, an dem er sich festhielt, und atmet jetzt mit einem friedlichen Gesichtsausdruck seinen letzten Zug, er schließt den Kreis, er kehrt dorthin zurück, von wo er gekommen ist. Lauschen wir weiter dem Rattern der vorbeifahrenden Straßenbahnen und dem Brausen der Autos und dem Rauschen der Frühlingsblätter und

Lass uns neben Menschen gehen, die uns ähnlich sind, deren Durst und Hunger gleich den unseren sind, die genau wie wir Angst vor Kündigung, vor Zwangsräumung und Preiserhöhungen haben, lass uns in einen Wald einkehren, zwischen Felsen wandern, lass uns in irgendeine Richtung gehen. (Camden High Street in London und der Wald am südlichen Hang von Medvednica)

den Schritten im Treppenhaus und dem Gesang eines Rotkehlchens und der Stille und der eigenen Frau, die uns von der Müdigkeit, die sie in ihren Augen spürt, und den Schuhen, die sie braucht, erzählt, und unserem Mann, der uns von der Müdigkeit, die er in seinen Augen spürt, und den Schuhen, die er braucht, erzählt, und unserem Kind, wie es uns von einer Band erzählt, die es beeindruckt hat, lauschen wir den Hunden, den Spatzen, den Tauben, dem Krächzen der Dohlen, die über Mirevo dahinfliegen, und den Stimmen der Menschen, die die Straße entlanggehen und sich mit ihrem Plastikgerätchen in der Hand unterhalten.

Schauen wir den Elstern zu, die in Paaren um die Plätze in den Kronen der Pappeln im Park kämpfen. Sehen wir dem Mann zu, der über den Parkplatz läuft und die Tür seines silbernen Autos aufschließt. Sehen wir, wie sich die Äste, gespickt mit jungen Blättern, leicht im Wind wiegen. Die Kinder, die im Hof des Kindergartens lärmend umherrennen. Die Wolken, die nach Süden gleiten und ihre Schatten auf die Hochhäuser werfen, auf die Wälder und die verwaisten Bergweiden. Eine Frau, die ihren Kinderwagen schiebt und ihre Lippen schürzt und dem kleinen Wesen vor sich etwas erzählt. Den alten Mann mit einer Plastiktüte in der Hand, der gebeugt aus dem Laden kommt und mit steifen Schritten hinter der nächsten Ecke verschwindet. Betrachten wir die Meeresstille im Kanal vor der Insel Rab und die Reflexion der Sonnenstrahlen an den Fenstern eines neunstöckigen Hauses aus Metall und Glas. Und den Gärtner, der mit einem Rechen das Laub zu einem Haufen aufwirft.

Und wenn wir uns sattgesehen haben, treten wir aus unserer Wohnung heraus, wenn es sein muss, auch aus unserer Haut, und tauchen in das Leben ein. Befreunden wir uns mit der Blindschleiche, die sich durch das Gras schlängelt, und mit dem streunenden Hund im Park. Gehen wir neben Menschen her, die uns ähnlich sind, mit dem gleichen Durst und Hunger, die genauso wie wir Angst vor Kündigung, Zwangsvollstreckung und Preiserhöhungen haben, die beim Orgasmus schreien und auf der Kloschüssel aufstöhnen, die morgens zur Arbeit gehen und am Nachmittag zurückkehren, aber nur wenn sie das Glück hatten, eine Arbeit zu finden, die Schlange stehen für Lebensmittel, Medikamente oder ein Bett im Krankenhaus, die vom Tod jedoch an der Schlange vorbei nach vorne gezogen werden und die selten einen 500-Kuna-Schein in ihrer Tasche haben.

Gehen wir die Bürgersteige entlang, vorbei an Schaufenstern, gehen wir durch den Park, über den Jahrmarkt und über den Wochenmarkt, gehen wir in den Wald, gehen wir durch die Felsen, gehen wir an der Küste entlang, gehen wir in irgendeine Richtung – egal in welche. Beim Gehen werden wir die eigenen Schritte hören und auch den eigenen Atem und das eigene Herz, und wenn wir uns vollständig entspannen, werden wir auch unsere eigenen Gedanken hören.

Notizen über das Verschwinden

Die Dinge, über die ich sprechen will, sind Augenblicke
gewöhnliche
alltägliche Dinge
in Bewegung
im Kommen
und im Verschwinden.
Aber sobald ich mich anschicke, etwas über sie zu sagen
sind sie schon Vergangenheit.
Geschichten sind wie ausgestopfte Vögel
schön
und tot.

Dem eigenen Schatten folgen

»Die Natur ist ein Mörder,
ich werde ihr kein Lied singen.«
Ikkyū Sōjun[21]

Der Bruch des Menschen mit der Natur ist noch gar nicht so alt. Mehr als drei Millionen Jahre war dieses Säugetier fest in seiner natürlichen Umgebung verankert, in der es Nahrung, Kleidung, Unterkunft und alles, was es zum Leben brauchte, fand. Auf den Pfaden der Evolution begann es erst vor Kurzem – vor 200 000 Jahren –, sich immer schneller von der Natur zu entfernen, indem es von einer Ebene auf die nächste wechselte. Sein Ziel war es, die zerbrechliche, dünne Lederhülle, hinter der es sich verbirgt, in einen undurchdringlichen Panzer zu verwandeln. Die Haut ist nicht sein einziges Versteck; es versteckt sich auch hinter Kleidung und in Erdhäusern, Pfahlbauten, Hütten, Stein- und Hochhäusern.

Wie auch immer – wir haben vergessen, woher wir stammen. Wir haben aus dem Blick verloren, dass wir nicht nur soziale Wesen sind, sondern zugleich auch Wesen der Natur, und dass man außer den Beziehungen zu anderen Menschen auch die Beziehungen mit der restlichen belebten und unbelebten Welt pflegen muss. Wir sind sogar in unserem eigenen Körper zu Fremden geworden.

Der weise, über hundertjährige Ernesto Sabato sieht in einem von der Natur entfremdeten Wesen eine Reihe von psychologischen und mentalen Rissen. Von den *Upanishaden* zu dem Buch *Der Prediger,* von Zhuangzi über Heraklit bis hin zu Schopenhauer, Ernesto Sabato und den zeitgenössischen Befürwortern der Tiefenökologie – es hat immer Denker gegeben, die begriffen, dass die Welt keine Ansammlung von getrennten Objekten ist, wie es Fritjof Capra in *Lebensnetz* formulierte, sondern ein Netz aus Erscheinungen, die miteinander verbunden und voneinander abhängig sind. Diese Denker warnten davor – so wie es in dem Gedicht von Ted Perry heißt, das Capras Buch als Motto voransteht –, dass »der Mensch […] nicht das Netz des Lebens gewebt [hat] – er ist nur ein Faden darin. Was immer er dem Netz antut, tut er sich selbst an«.[22]

Doch jenen, die Entscheidungen treffen, vor allem den Chefs des multinationalen Kapitals, ist es herzlich egal, was Sabato, Capra und ihresgleichen meinen. Sie interessieren sich kaum für Philosophie, Ökologie und Ästhetik. Schließlich interessiert sich auch die Evolution kaum dafür, sie ist ganz dem Nutzbringenden und Zweckdienlichen gewidmet. Es gibt größeren Nutzen von jenen Wesen, die ihren Geschäften in Büros, Läden, Fabriken und Laboren nachgehen, von Holzfällern, Molekularbiologen, Schneiderinnen, Chemikern, Mathematikern, Arbeitern auf Ölplattformen und Bäckern als von einem Dichter, einem Philosophen und einem Greenpeaceaktivisten.

Die Ausrottung vieler Tierarten, das Verschwinden zahlreicher autochtoner Pflanzen, das brutale Abholzen der Wälder, das Wachstum der Städte, die auf Satellitenbildern wie verfaulendes Gewebe aussehen, all das, was den großen Geistern unserer Zeit Sorgen bereitet, all das ist für die Evolution irrelevant.

Es scheint, als ob der Mensch in einem furchtbaren Finish seine letzte Runde läuft.

Stimmt das?

Die Katastrophen-Theoretiker sagen, dass es stimmt. Die Katastrophe sei eine wichtige Matrix in der Evolution, und wenn die letzte große Katastrophe vor 66 Millionen Jahren die Dinosaurier von der Erde fortgefegt und Platz für die ersten Primaten geschaffen habe, so gebe es keinen Grund für die Annahme, dass in der nächsten Katastrophe nicht das Menschengeschlecht untergehe. Dieses sei umso wahrscheinlicher, da »nichts [...] dafür [spricht], dass es im globalen Evolutionsprozess irgendeinen Plan, ein Ziel oder einen Zweck gibt, und daher spricht auch nichts für einen Fortschritt«, wie Capra schlussfolgert, da wir also nicht die Krone der Evolution sind, keine gottähnlichen Wesen, als die wir uns selbst gerne sehen, sondern nur einer ihrer Stränge, da wir wie Mikroben oder Farne nur ein winziger Teil eines sehr empfindlichen Systems sind, dessen Gleichgewicht wir verständnislos und hartnäckig zerstören, werden wir früher oder später verschwinden, wie so viele Arten vor uns.

Die Optimisten sind nicht damit einverstanden. Sie behaupten, dass es hinreichend sei, 21 Prozent Sauerstoff in der Atmosphäre zu erhalten, damit alles in der Ordnung bleibt. Wir befinden uns vor einem neuen Sprung in der Evolution, so die Optimisten, einem Bewusstseinssprung, und es sei nur eine Frage von Sekunden, freilich Sekunden in kosmischen Dimensionen, wann wir zu Bewusstsein kommen, wann wir aufwachen werden, und dann wird das Gleichgewicht wiederhergestellt sein, und die Dinge werden sich zum Besseren wenden.

Von dem Standpunkt aus, von dem ich die Dinge betrachte, sieht es allerdings nicht so aus, als würden sie sich zum Besseren wenden. Die Wüstenfüchse etwa, die sich von Schnecken ernähren, suchen nicht die Büsche in der Nähe des eigenen Baus heim, sondern legen hungrig Kilometer um Kilometer zurück und »pflücken« sich von jedem Busch nur eine oder zwei Schnecken, immer darauf bedacht, dass genügend Schnecken zurückbleiben, um die Reproduktion zu gewährleisten. Indem sie gut auf dem eigenen Territorium wirtschaften, zeigen sogar sie, dass sie ihre langfristigen Interessen zu schützen in der Lage sind.

Indessen scheint es, als würde die menschliche Spezies sich in einer endgültigen Abrechnung mit ihrer Umgebung befinden: Unermüdlich zerstört sie, rodet, gräbt, planiert, verschmutzt, tötet, rottet aus, vergiftet ... In menschlichen Gemeinschaften geht es wirklich grausam zu.

Der Mensch ist das einzige Lebewesen, das Angehörige der eigenen Spezies tötet, und zwar nicht, um sie aufzuessen, sondern aufgrund abstrakter Ideen. Wenn es sich um das Töten, das Unterdrücken und das Ausnutzen Gleichartiger handelt, holt sich der Mensch seine Inspiration von allen Seiten; so wirkt heute eine wirklich üble Variante – durch die Banalisierung und die Kompilation verschiedener Theorien, allen voran die veraltete darwinistische Theorie über die natürliche Selektion und den Wettbewerb und die unmenschliche ökonomische Philosophie von Milton Friedman, in Kombination mit Rückständigkeit und Habgier entstand diese monströse Variante, der sogenannte ökonomische Neoliberalismus, im Zuge dessen im Namen des Profits vollgefressene große Fische all das verschlingen und zerstören, was in ihre Nähe gerät, wobei Hunderte Millionen Menschen arbeitslos werden und verhungern – und niemanden kümmert es.

Die frühen Menschen jagten gemeinsam und teilten die Nahrung unter sich auf. Die geistige Dimension des menschlichen Bewusstseins, die uns von den anderen Säugetieren unterscheidet, war am Ende die Frucht dieser Solidarität. Der besorgniserregende Schwund der Solidarität ist vermutlich die größte Bedrohung für das Fortbestehen der menschlichen Spezies; mit ihrem vollständigen Verschwinden wird sich auch der grundlegende Sinn unserer Existenz auflösen. Wir führen ständig die Globalisierung und das Globale im Munde, aber wir meinen auch weiterhin, dass uns das Elend in Afrika nicht tangiert und dass uns die Tatsache nichts angeht, dass in Osteuropa und Asien die westlichen Konzerne erbarmungslos die Arbeiter ausbeuten. Symptomatisch in diesem Sinne sind auch die unglaubliche Popularität und die hohen Einschaltquoten von *Big Brother* und ähnlichen Sendungen, in denen Menschen gegenseitig aufeinander eintreten und sich erniedrigen, nur damit sie im Spiel bleiben. Wenn in einer Schule eine Schlägerei ausbricht, trennen und beruhigen die Mitschüler die Streitenden nicht, sondern filmen sie mit ihren Handys und stellen die Aufnahmen ins Internet. Während wir uns billigen Vergnügungen hingeben und uns mit Unwichtigem beschäftigen, merken wir nicht, wie wir – dem Vogel Dodo aus dem bekannten Zeichentrickfilm ähnlich – unaufhaltsam auf den Abgrund zumarschieren.

Nächste Seite: Die Begegnung mit einem eine Million Jahre alten Felsen ist eine gute Lektion in Bescheidenheit. (Die Čelina-Kuppe oberhalb von Ravni Dabar im mittleren Velebit)

Die Hinwendung zur Natur ist nicht unbedingt von großem Nutzen. Vielmehr begehen wir einen Fehler, wenn wir uns in die Natur begeben, um dort Trost zu suchen oder Frustrationen zu heilen, die uns unsere gesellschaftliche Stellung und unsere Beziehungen zu anderen Menschen zugefügt haben. Derartige Missverständnisse enden meist tragisch. Zu den bekanntesten Fällen gehören die Schicksale von Timothy Treadwell, dem Helden des Dokumentarfilms *Grizzly Man* von Werner Herzog, und Chris McCandless, dem Protagonisten aus dem Buch *Into the Wild* von Jon Krakauer. Der eine vermochte nicht, unter Menschen zu leben, und deshalb versuchte er es unter Grizzlys, der andere suchte in der Wildnis das, was er zunächst in sich selbst suchen sollte. Beide haben nicht begriffen, dass die Evolution eine Einbahnstraße ist, dass es den Schritt zurück nicht gibt.

Was mich betrifft, ich erwarte nichts von der Natur. Ich verweile einfach in ihr. Ich gehe und spüre die Erde unter meinen Füßen, ohne über den Ort nachzudenken, an den ich gelangen werde. Ich atme und beobachte die Gegend, die ich durchstreife. Das tut meiner Lunge, meinen Muskeln, meinem Kopf gut. Die Begegnung mit Felsen, die eine Million Jahre alt sind, schärft mein Gespür für die eigene Vergänglichkeit. Die tiefe Narbe, die ein Blitz in einer Fichte hinterlassen hat, oder das Über-die-Erde-Robben, zu dem mich die Böen eines Borawindes zwingen, sind eine gute Lektion in Bescheidenheit.

Was auch immer Sie in der Natur anzutreffen erwarten, Sie werden dort zunächst sich selbst begegnen. Den eigenen Befürchtungen und Ängsten. Vor allem wenn Sie sich in einem unberührten Teil der Natur, der Wildnis, befinden. In der ersten Phase meines Wanderns im Velebit überkamen mich häufig heftige Wellen von Angst und Unbehagen. Vor allem dann, wenn ich wegen der schlechten Wegmarkierungen oder eigener Unachtsamkeit vom Pfad abgekommen war. Meine Angsttaufe erlebte ich am zweiten Tag meiner ersten Velebit-Wanderung am nordöstlichen Abhang des Zavižanski Pivčevac. Bereits auf der Buljevac-Alm hatte ich Probleme mit der Wegmarkierung. Der Karte nach gabelten sich von dem Ort, an dem ich mich befand, neben einem Steinhaufen, der mit einem Wirrwarr von Wegweisern verziert war, drei Pfade. Aber ich sah nur einen, einen recht deutlich erkennbaren Trampelpfad, der in Richtung Seenplatte führte. Die anderen beiden Pfade, den, der zum Mali Rajinac, und jenen, der zum Zavižanski Pivčevac führte, konnte ich nicht erkennen, und ich konnte nirgendwo einen gescheiten Wegweiser entdecken. Ich war ein absoluter Anfänger, sowohl im Velebit als auch ganz generell als Bergwanderer, ich hatte keine Erfahrungen als Bergsteiger, und ich wollte mich an Regeln und Karte halten. Schließlich entschied ich mich, geradeaus über die Alm in Richtung Zavižanski Pivčevac zu gehen, dessen felsiger Gipfel hinter dem bewaldeten Berg Mali Pivčevac hervorlugte, der sich wiederum direkt vor meiner Nase erhob, beinahe in Reichweite. Ich tauchte ein in einen Buchenwald, und bald darauf entdeckte ich an den nördlichen Abhängen des Mali Pivčevac Markierungen und einen Pfad, so dass ich keine Schwierigkeiten mehr auf meinem Weg zum Gipfel des Zavižanski Pivčevac hatte. Bei der Rückkehr jedoch – und ich wollte über die Vukušić Snježnica, eine Höhle, in der ganzjährig Schnee liegt, zurück zur Berghütte gelangen –

Nächste Seite: Verliere deinen Schatten nicht aus dem Blick!
(Rossis Hütte im nördlichen Velebit)

verschwand der Pfad plötzlich vor meinen Augen. Ich ging noch zehn Minuten bergab, aber vom Pfad oder irgendeinem Wegweiser keine Spur. In mir machte sich Angst breit. Wo ist dieser verfluchte Pfad, wo sind die Wegweiser? Mein Verstand sagte mir, dass alles in Ordnung sei, die Berghütte liegt in genau dieser Richtung, eine dreiviertel Stunde entfernt, ich könnte eigentlich zurück zum Gipfel gehen und von dort den Weg nehmen, auf dem ich gekommen bin, doch nichts konnte die Anwallungen von Panik in mir aufhalten. Ich begann, bergauf und bergab zu eilen, hin und her auf dem Abhang, meine Augen suchten fieberhaft nach den rettenden roten Kreisen mit dem weißen Punkt in der Mitte. Und dann wurde ich müde. Erst vor Kurzem hatte ich eine schlimme Krankheit überwunden, meine Lunge funktionierte noch nicht ordentlich, und so war ich gezwungen, mich auf den Boden zu setzen, um wieder zu Atem zu kommen. Erst dann ordnete sich alles wieder. Ich holte meine Karte heraus und begriff, dass ich an der nordwestlichen Seite des Abhangs entlanggehen musste, bis ich an den Felsen gelangte, und dann musste ich nur bei der Vukušić Snježnica-Höhle auf die Straße stoßen.

Auch später passierte es, dass mich Furcht erfasste, vor allem wenn ich bei einer Bergwanderung zu tief in den Wald vorstieß und die Bäume und Baumkronen mir die Sicht versperrten. Ich tröstete mich mit dem Gedanken, dass sich eine Gämse genauso fühlen würde, wenn sie sich in einem Geflecht aus Asphaltwegen zwischen all jenen Felsbrocken aus Stahlbeton in Utrine, meinem Zagreber Stadtteil, zurechtfinden müsste.

Schon am Ende meiner zweiten Saison im Velebit waren die Furcht und das Unbehagen verschwunden. Sie lösten sich auf, als ich begriff, dass ich mich am Berg nicht verlaufen kann; dass ich mich nur entspannen und weitergehen, mich an den Durchgängen, Bergsatteln und Pässen orientieren muss, irgendwie komme ich immer an einen Ort, von dem ich wieder einen bekannten Gipfel, Felsen oder Abhang, ein vertrautes Tal erkennen würde. Oder eine gerade Linie, die ohne Zweifel auf die Nähe von Menschen hinweist, was manchmal doch gut ist.

»Folge nur der Sonne«, sagt der alte Schlangenjäger aus dem Film *Vanishing Point*, »und verliere deinen Schatten nicht aus dem Blick.«

Ich habe außerdem begriffen, dass ich in der Wildnis kein Fremdkörper bin, da die Bausteine, aus denen ich erschaffen wurde, genauso wie die Bausteine, aus denen ein Baum, eine Eidechse oder der Bärenkot erschaffen wurde, aus demselben Sternenkessel stammen. (Wir seien alle Nachfahren der Supernova, schreibt Peter Russell in seinem Buch *Die erwachende Erde*: »Die Atome, aus denen sich heute unsere Körper zusammensetzen, können früher einmal in einem Vulkan gewesen sein, in Gestein, im Meer, in der Atmosphäre, in einer Eiche, in einem Adler und in anderen Menschen der Vergangenheit. Verändert haben sich im Lauf der Äonen lediglich die Verbindungen, die die Atome miteinander eingegangen sind, nicht die Atome selbst.«[23]) So wie ich auch die Tatsache akzeptiert habe, dass ich schließlich – wie entfremdet auch immer – doch ein Wesen der Natur bin, das zugegebenermaßen ziemlich verkümmert ist und das langfristig in der Wildnis nicht überleben kann von dem, was es in der Wildnis findet, das aber doch nicht so hilflos ist, dass es nicht einige Tage oder sogar Wochen in der Wildnis bestehen könnte. Dabei muss man etwas Wasser und Brot im Rucksack haben, ein Messer und Streichhölzer, man muss die geeignete Kleidung tragen, und es ist angezeigt, ein hübsches, windstilles Örtchen zu finden oder noch besser einen Bergsteigerunterschlupf, in dem man die Nacht verbringen kann.

In Rossis Hütte, einem Steinbau auf den Kuppen von Rožan (Rožanski Kukovi), zweieinhalb Wanderstunden von der Berghütte Zavižan entfernt, kann man sehr angenehm übernachten. Die Hütte ist nicht groß, es ist nur ein bescheiden eingerichteter Raum – ein gemeinsames Etagenbett aus Holz für zehn Personen, wenn man nahe aneinanderrückt, eine Zisterne mit Regenwasser, ein Ofen aus Gusseisen, ein Wandschränkchen, ein Blecheimer zum Wasserholen, ein Tisch, ein Stuhl, eine Bank und seit Neuestem auch ein Klapptisch. Ich gehe häufig dorthin, und ich kann sagen: Das ist ein guter Ort, denn der Aufenthalt ist kostenlos, es gibt Ruhe im Überfluss, und die Nachbarschaft, die aus Eidechsen, Mäusen, Falken, Hummeln, Bären, Vipern, Meisen und anderen Tieren besteht, ist freundschaftlich gesinnt. Ich habe dort auch Mitte Juni 2008 geschlafen. Ich kam am frühen Abend an, und es war niemand da. Es war mitten in der Woche und wenig wahrscheinlich, dass irgendjemand vorbeischauen würde. Ich saß vor der Hütte, trank einen Tee und wartete auf die Nacht.

Ich beobachtete, wie sich in der riesigen Talmulde, die unterhalb der Terrasse liegt, die Schatten verdichteten. Dort unten unterbrachen die dunklen Umrisse der Inseln Lošinj und Cres den Lauf des Sonnenpfades am Meer entlang. Die untergehende Sonne tauchte die umliegenden Gipfel in Rot. Ich stand auf und sah in Richtung Rossis Kuppe. Der Felsen, der genauso wie die Hütte nach dem Bergsteiger, Offizier und Botaniker Ljudevit Rossi (1850 – 1932) benannt ist, einem Mann, der den Velebit außerordentlich gut kannte, stach rot vor dem metallblauen Himmel hervor, während die niedrig gewachsenen Bergkiefern darauf rostfarben erschienen. Mein Schatten erstreckte sich entlang des Weges und über die Kiefernbüsche, bestrebt, bis zum Felsen zu reichen. Dieses Bild kannte ich schon – aus dem Gedicht *Das wüste Land*.

Die Atome, aus denen Sie, ich und der Bärenkot auf dem Premužić-Wanderweg erschaffen sind, stammen aus demselben Sternenkessel und sind ewig.

Was ist dies Wurzelwerk, das greift, der Ast, der sprosst
Aus diesem Steingeröll? O Menschensohn,
Du kannst nicht sagen, raten, denn du kennst nur
Gehäuf zerbrochner Bilder unter Sonnbrand,
Der tote Baum gibt Obdach nicht, die Grille Trost nicht,
Der trockne Stein kein Wasserrauschen. Aber
Es schattet unter dem roten Stein
(Komm unter den Schatten des roten Steins),
Und ich will dir weisen ein Ding, das weder
Dein Schatten am Morgen ist, der dir nachfolgt,
Noch dein Schatten am Abend, der dir begegnet;
Ich zeige dir die Angst in einer Handvoll Staub.[24]

Doch hier ist, wenn man von Steinlandschaft, roten Felsen und
Schatten absieht, alles anders als in den Versen von Eliot. Es ist
friedlicher, ohne apokalyptische Töne, ohne Grauen und Angst.

Die Sonne war untergegangen, es war frisch geworden, die Felsen
nahmen wieder ihre hellgraue Farbe an, doch die Vögel schienen
nicht die Absicht zu haben, ihren Gesang einzustellen. Ich zog meine Windjacke an, goss mir noch eine Tasse Tee ein und setzte mich
auf den Klotz, der an der Außenwand der Hütte stand. Unter der
Mauer schlüpfte eine Maus hervor und rannte auf die Terrasse auf
der Suche nach irgendetwas. Wenn ich mich bewegte, verschwand
sie blitzartig wieder unter den Steinen. Sie war wirklich flink. Und
aus diesem Grund lebte sie noch. Viele Vipern hätten sie sicher
gerne verspeist.

Ich trank den schon lauwarm gewordenen Tee und blickte um
mich. Der Himmel wechselte die Farbe, von metallblau im Zenit
bis hin zu schmutzig orangefarben am Horizont. Dahinter die trübe

graue Linie der Küste Istriens, das orange-graue Meer, die kupferfarbenen Linien der Inseln, wieder das Meer, dann die düsteren Konturen der Gipfel der zum Meer hin gelegenen Abhänge, und schließlich der Umriss einer Fichte, einer schwarzen Spitze ähnlich, die an dem Steilhang unterhalb der Hütte wächst. Die Vögel hatten aufgehört zu singen. Die Stille war vollkommen.

Ich ging in die Hütte und las bei Kerzenlicht eine Zeitlang, und dann wurde es wirklich kalt. Die Luft in der Hütte war eine Mischung aus Eis und Rauch. Ich schlüpfte in meinen Schlafsack und legte mir den Rucksack unter den Kopf. Die Unterlage war hart, die Isomatte half kaum, doch trotzdem schlief ich sofort ein.

Irgendein Scheppern weckte mich auf. Jene Maus rannte über die Kette des Wassereimers, den ich unvorsichtigerweise auf dem Boden hatte stehen lassen. Oder war es vielleicht eine andere Maus? Irgendwo unter dem Dach ein Siebenschläfer das Regiment führte. Es schien, als ob draußen der Mondschein herrschte, und es muss

Nächste Seite: Der Pfad führt durch die zerklüftete Ostseite des Buljma. Auf der linken Seite liegt der Mirevo. Davor ein kahler Abhang, durchwoben von Felsblöcken. Der Himmel ist klar und hell. Dann macht man diesen einen Schritt, und der Ausblick erschlägt einen mit der gleichen Kraft wie sie ein direkter Stoß vor den Kopf hat, den ein Schwergewichtsboxer platziert. Man kann nicht sagen, dass es völlig unerwartet kommt, denn es tauchen keine Eisberge vor Ihren Augen auf, noch die Landschaften der Wüste Gobi, aber dennoch verharrt man in Staunen. Unten, tief unter Ihnen liegen die südlich gelegenen Landzungen der Insel Rab, Dolin, die Halbinsel Lun, Dolfin, Trstenik und wieder – dort in der Ferne – die Inseln Cres und Lošinj. Man hat das Gefühl, dass man mit einem Schritt die Landzungen von Rab erreichen und mit der Schuhspitze das Meer im Fährhafen aufwühlen könnte.

Die Kugel des Heliographs der Meteorologischen Station Zavižan dreht
den Velebit auf den Kopf. Im Hintergrund sieht man die Hajdučki Kukovi,
den Veliki Kozjak, die Lubenovačka Vrata und die Vratarski Kuk.

beeindruckend ausgesehen haben, all diese Felsen und Berggipfel
und das Meer, vom Mondschein beleuchtet, doch in dieser Nacht
versäumte ich es. In dieser Nacht blieb ich in meinem warmen
Schlafsack liegen.

Das Velebit-Gebirge

»Den Velebit zu besteigen ist nicht mehr so einfach. Es geht nicht mehr nur – so wie einst – um das Besteigen.«

Antun Šoljan

Die erste intime Begegnung mit dem Velebit hatte ich im Spätsommer 2006. Auch zuvor war ich schon einige Male in diesem Gebirge, im Vorbeigehen, mit Freunden, nur für einige Stunden, üblicherweise nur an seinem Fuß in einem der Restaurants dort. Dieses Mal war ich alleine, und in diesen acht Septembertagen durchwanderte ich alle wichtigen Pfade des Nord-Velebits, abseits aller Siedlungen.

Ich hatte bis zu diesem Zeitpunkt keine Erfahrungen als Bergsteiger. Meine Ausstattung bestand nur aus Wanderschuhen, einer Windjacke und einem kleinen Rucksack, und zu dieser Gelegenheit hatte ich mir eine Bergsteigerkarte des nördlichen Velebits im Maßstab 1:30 000 zugelegt und das Buch von Željko Poljak *50 najljepših planinarskih izleta u Hrvatskoj* (Die 50 schönsten Bergtouren in Kroatien). Ich hatte einen hölzernen Wanderstock mit einer eisernen Spitze, den ich 1994 in Bischofshofen als Souvenir erstanden hatte und über den wir jahrelang in unserer kleinen Wohnung gestolpert waren. An jenem Morgen, am 4. September 2006, hatte er endlich seine Sternstunde. Ich packte Proviant und die Ausrüstung ein, von der ich glaubte, dass ich sie brauchen würde, und fuhr an den Fuß des Vučjak im nördlichen Velebit, wo sich eine Berghütte und die meteorologische Station Zavižan befinden. Zuvor hatte ich Ante Vukušić angerufen, der die Wetterstation leitet und zugleich Herbergsvater ist. Ich fragte ihn, ob es Platz in der Hütte gebe.

So viel Sie wollen, antwortete er.

Jene Tage waren von besonderer Bedeutung für mich. Ich hatte einen Monat hinter mir, in dem ich in der Spezialklinik für Lungenerkrankung in der Rockefellerstraße ständig hatte liegen müssen. Sechs Monate, in denen ich täglich eine Handvoll üble Antibiotika schlucken musste. Eine ausgeheilte Mykobakteriose. Eine schwere, chronische, obstruktive Lungenerkrankung, mit der ich mich bis zum Ende meines Lebens herumschlagen werde. Dank dieser Krankheit bewege ich mich ständig in einer Höhe von 5000 Metern über dem Meeresspiegel; die Anstrengung, die meine Lunge und mein Organismus beim Erklettern der Gipfel des Velebits erleben (es handelt sich meist um Höhen zwischen 1600 und 1700 Metern), entspricht ungefähr der Anstrengung, die ein gesunder Mensch aufbringen muss, um auf den Kilimandscharo zu steigen.

Noch im Februar desselben Jahres stellte der Spaziergang von meinem Haus bis zum Markt im Zagreber Stadtteil Utrine ein regelrechtes Problem dar. Ich konnte diese Entfernung von ungefähr 300 Metern morgens nicht bewältigen, ohne eine kurze Pause einzulegen, später am Tag, wenn die Lunge etwas »warmgelaufen« war, brauchte ich keine Pause, aber das Laufen war auch weiterhin anstrengend. Es stellte sich jedoch heraus, dass die Krankheit das Beste war, was mir in den letzten Jahren widerfahren war. Ich entschloss mich, alles zu tun, was in meiner Macht steht, um nie mehr in das Lungenkrankenhaus zurückzumüssen. Ich gab zuerst einmal

Der Premužić-Pfad ist im Vergleich zu gewöhnlichen Bergpfaden, was eine Autobahn im Vergleich zu einer landwirtschaftlich genutzten Nebenstraße ist. Diese Magistrale der Wanderer ist fünfzig Kilometer lang, sie führt von der Dešinovac-Alm im nördlichen Velebit bis nach Baške Oštarije im mittleren Velebit und wurde von dem Ingenieur Ante Premužić geplant. Angelegt wurde sie zwischen 1930 und 1933 von Maurern und Meistern im Trockenmauerbau aus den Dörfern, die auf der Meerseite des Velebits liegen. Im nördlichen Velebit, dort wo die Berge sich mit der Hartnäckigkeit einer Kompassnadel nach Norden erstrecken, verläuft der Pfad durch Buchen- und Fichtenwälder, durch Labyrinthe von Felsen und Graten, oberhalb von karstigen Talmulden und Felsspalten, über Karstanhöhen, Hochplateaus mit Almen und Weiden. All das macht den Pfad zu einem der schönsten in Europa.
(Auf dem Foto: Rožaski Kukovi)

das Rauchen auf. Es gab einige weitere sinnlose Dinge, denen ich zur selben Zeit den Rücken kehrte: dem Journalismus, den kroatischen Literaturkreisen und einigen anderen Überflüssigkeiten. So ist das Leben. Im selben Paket liegen Penicillin und die Atombombe. Die Reichspogromnacht und Rachmaninows *Trio élégiaque No. 2 in D moll*, der Gulag und Massy Hall. Die Berliner Mauer und *Catch 22*. Pinochet und Charles Bukowski.

Man spricht vom Berg als Freiheitsraum, man müsse nur nach oben gehen, so die These, und alle Fesseln und Sorgen fielen von einem ab, man würde frei. Aber wie kann jemand in den Bergen frei werden, der in der Stadt nicht frei ist? In einem Brief an Lucilius fragt Seneca den Adressaten ein wenig spöttisch, ob er wirklich glaube, dass ihm die Reise und die neue Landschaft helfen würden, den Trübsinn und die Niedergeschlagenheit zu überwinden. Und er rät ihm, seinen Charakter zu ändern und nicht die Umgebung; denn wohin auch immer er gehen und wie weit auch immer er sich entfernen würde, seine Schwächen würden ihn überallhin begleiten. Dann bekräftigt er seine Meinung noch mit Sokrates: »Was wunderst du dich, dass Reisen dir nichts nutzen, wo du doch dich herumträgst? Dich bedrückt dieselbe Ursache, die dich hinausgetrieben hat.«[25]

Und so fand ich mich auf der Terrasse der Berghütte wieder, am Südhang des Vučjak. Es war ein warmer, wolkenloser Tag. Ante Vukušić weihte mich schnell in das ABC des nördlichen Velebits ein; er wies in Richtung Süden und benannte die felsigen Gipfel, Sattel und Abhänge: Hajdučki Kukovi, Veliki Kozjak, Lubenovačka Vrata, Vratarski Kuk, Debela Kosa – dahinter lugt der Gipfel des Gromovača hervor –, das da vorne ist der Veliki Zavižan, und dieser Abhang dort wird Zavižanska oder Velika Kosa genannt…

Im Westen glitzerte das Meer, und es schien, als läge es direkt zu unseren Füßen; ich betrachtete den Velebit-Kanal, die felsige, steil abfallende Ostküste der Insel Rab und die sandige Bucht Lopar an der Spitze der Insel. Weiter entfernt Goli Otok, Sv. Grgur, Prvić, Bašćanska Draga und weiter im Westen Cres und Lošinj. Von der Terrasse der Berghütte aus mutete das Meer an wie eine blaue Sperrholzplatte, auf der Steine verstreut herumliegen, die hier und da grün bemalt sind. Ich fühlte mich gut. Und dabei hatte ich weder im Lotto gewonnen, noch hatte ich ein neues Auto gekauft, weder Schuhe noch ein Handy, keinen Messerblock für meine Küche und keinen Staubsauger – überhaupt nichts dergleichen. Ich war nur dort, schaute und atmete.

Das allererste Empfinden, das man am Berg verspürt, ist die Entschleunigung der Zeit. Nichts erinnert einen mehr an das Vergehen der Zeit, weder Straßenbahnen, noch Busse und ihre Fahrpläne, weder die Uhren auf den großen Plätzen der Städte noch die Kirchenglocken, und auch keine Radio- und Fernsehprogramme, nichts außer Sonne und Mond, die sich in ihrem urtümlichen Rhythmus am Firmament ablösen. Man nimmt diesen Rhythmus an, beginnt darin zu leben.

In den ersten Tagen, in denen ich durch das Gebirge wanderte, fühlte ich mich so, wie sich ein Analphabet in einer Bibliothek vorkommen muss, so ungefähr zumindest. Bei jedem Schritt und Tritt begegneten mir Pflanzen, deren Namen mir unbekannt waren, ich wusste überhaupt nichts über sie, Hunderte mir unbekannte Pflanzen. Ähnlich verhielt es sich mit den Tieren, auf die ich stieß. Ich konnte ungefähr bestimmen, ob es sich um ein Insekt, ein Reptil, ein Säugetier oder einen Vogel handelte, aber das war auch alles. Ich

Vorherige Doppelseite: Bei jedem Schritt und Tritt begegneten mir Pflanzen, deren Namen mir unbekannt waren, ich wusste überhaupt nichts über sie. Ich fühlte mich wie ein Analphabet in einer Bibliothek.

Oben: Begegnungen mit Tieren sind selten, da sie uns Menschen mit Recht meiden. Doch der Berg ist voll von ihren Lauten und Spuren: Vogelgesang, Exkremente, umgewälzte Steine, durchwühlte Weiden und Ameisenhaufen, Abdrucke von Pfoten und Hufen.
(Auf dem Foto: eine frische Spur einer Bärentatze auf dem Tuderevo)

konnte auch nicht die Zeichen lesen, die die Tiere überall hinter-
ließen, ihre Spuren, ihre Exkremente und anderes. Deshalb begab
ich mich auf die Suche nach Literatur über Flora und Fauna des
Velebits. Die Bücher waren zu schwer für den Rucksack, aber unent-
behrlich, um den Berg kennenzulernen, so glaubte ich zumindest,
weshalb ich sie immer im Auto hatte. Sie haben mir zwei Jahre lang
Gesellschaft im Velebit geleistet. Ich eignete mir die Namen vieler
Pflanzen und Tiere an, ich lernte, wann sie sprießen, blühen und
reifen, wann sie sich paaren und werfen, womit sie sich ernähren
und eine Reihe anderer Dinge, bis ich begriff, dass ich auch weiterhin nichts über den Berg wusste. Das einzig Wertvolle, das ich aus
diesen Büchern lernte, war die Unterscheidung zwischen giftigen,
essbaren und heilenden Pflanzen. Danach lernte ich, Pflanzen und
Tiere auch nach Farbe, Größe, Gestalt, Geruch, Bewegungsweise,
Stimme, Anzahl der Glieder, Anzahl der Blüten, Beschaffenheit,
Stacheligkeit, Rauigkeit, Scheue, Wärme zu unterscheiden, darüber
hinaus nach dem Ort, an dem ich sie antraf, und dem Abschnitt des
Tages, und der Art, wie sie auf mich und andere reagierten.

Ein Handy und ein Buch bezeichneten den Wendepunkt in meiner
Annäherung an das Gebirge. An jenem Tag wanderte ich durch das
Mirevo-Tal. Die Hirten aus der Küstenregion kommen schon seit
langer Zeit nicht mehr in dieses Tal, ihre Unterstände und Brunnen
ließen sie verfallen, doch das Tal ist keineswegs öde. Während ich
lief, verscheuchte ich eine Unmenge an zischenden Heuschrecken,
im Gras raschelte etwas und flüchtete flink vor mir, ich konnte nicht
erkennen, ob es sich um eine Maus oder eine Schlange handelte.
Da waren auch Schmetterlinge, Vögel und viele andere Kreaturen
im Gras und unter der Erde, die ich nicht sehen konnte, aber ich
spürte, wie sie sich bewegten. Ich lief ohne Ziel, beobachtete von

einer Anhöhe aus die Schatten der Wolken, die sich im Tal jagten. Ich folgte der Linie, die von umgewälzten Steinen gebildet und die ein Bär auf der Suche nach Nahrung hinterlassen hatte, ich erholte mich im Schatten und Duft eines Kirschbaums, ich besichtigte die Ruinen der Hirtenhütten, eine erinnerte an ein Tierskelett, da aus langen Balken des freiliegenden Dachstuhls Nägel ragten, ich spähte in die Brunnen, in einigen gab es noch Wasser, und dann kehrte ich zu meinem Auto zurück, das ich an einer Ausbuchtung der Straße von Štirovača nach Jablanac abgestellt hatte, und zwar genau dort, wo sie den Premužić-Pfad schneidet.

Ich aß gerade einen Apfel und betrachtete die frisch erneuerten Wegweiser auf der Steinplatte am Pfad, als meine Aufmerksamkeit auf einen flachen Stein gelenkt wurde, der an einem anderen Stein lehnte, und die ganze Konstruktion schien etwas verstecken zu wollen. Ich bückte mich und erblickte unter dem flachen Stein eine Plastikbox, in der ein Handy lag. Ein Handy in einer Plastikbox, getarnt mit einem Stein auf dem Premužić-Wanderweg!? Bemerkenswert.

Ich dachte zuerst an *Versteckte Kamera*. Ich richtete mich also auf und erforschte mit meinem Blick das umliegende Gebüsch. Aber ich begriff schnell, dass es eine dumme Annahme gewesen war. Die Box mit dem Handy konnte einem Bergsteiger aus dem Rucksack gerutscht sein, aber wie hätte dann der flache Stein darüber zu liegen kommen sollen? Irgendjemand musste dieses Handy hier abgelegt haben, aber wer und warum? Ich zerbrach mir noch eine Zeitlang den Kopf darüber, aber dann verlor ich das Interesse, setzte mich ins Auto und fuhr Richtung Štirovača. Nach hundert Metern sah ich in der Nähe der ersten Ferienhäuser auf dem Alan einen Mann auf der Straße. Ich konnte nicht widerstehen, hielt an, grüßte ihn und fragte, ob es sich um einen lokalen Brauch handele.

Die Hirten kommen schon seit langer Zeit nicht mehr auf den Mirevo.
(Auf dem Foto: die Reste eines Unterstandes)

- Sie meinen das Handy in der Box? – unterbrach er mich.
- Ja – sagte ich verwirrt.
- Parken Sie da vor dem Haus, und warten Sie, bis ich das Handy geholt habe. Dann werde ich Ihnen alles erklären – sagte er.

So lernte ich Ivan Polan kennen. Er erzählte mir, dass er sein Handy dort liegen lasse, da das der nächst gelegene Ort sei, an dem er Empfang habe. Und wegen seiner Arbeit sei es ihm wichtig, immer erreichbar zu sein. In der Stille konnte er das Klingeln immer gut hören. Mir ist es eigentlich schrecklich unangenehm, dass ich hier sein Versteck verrate, aber die Geschichte ist allzu gut, um unerzählt zu bleiben. Beim Abschied schenkte er mir das Buch *Velebit se nadvio nad more* (Der Velebit neigt sich über das Meer) von Šime Balen. Später übertraf dieses Buch bei Weitem die Bedeutung eines netten Geschenks. Nachdem ich es gelesen hatte, wurde ich jener Menschen gewahr, die vor mir durch dieses Gebirge gewandert sind und darin gelebt haben. Das Velebit-Gebirge hat sich kaum verändert, seitdem ich das Buch gelesen habe. Es ist immer noch eine Bergkette aus Karbonat-Felsen, die stellenweise von einer dünnen Schicht Erde überzogen sind, als wäre es Haut, aus der verschiedene Pflanzen sprießen und über die sich verschiedene Lebewesen bewegen. Doch der Hintergrund, vor dem sich der Berg offenbarte, hat sich verändert, und dieser Hintergrund schließt die Erfahrungen jener Menschen ein, die vor mir hier waren. Balens Buch lüftete ein wenig den Vorhang, der bis zu diesem Zeitpunkt zwischen dem Velebit und mir hing und dessen ich mir überhaupt nicht bewusst war.

Jedes weitere Buch über den Velebit, das ich gelesen habe, öffnete den Vorhang ein Stück weiter. Und auf meinen Wanderungen fühlte ich mich immer sicherer – ich genoss sie immer mehr. Die Autoren jener Bücher, Dane Vukušić, Ante Rukavina, Božo Modrić,

Sergej Forenbacher, Miroslav Hirtz, Josip Poljak, Ivan Krajač, Ante Premužić und Radivoj Simonović, wurden zu meinen stummen, zuverlässigen Führern durch den Velebit und zu Mitwanderern.

Wenn ich etwas erfahren habe, während ich im Velebit-Gebirge wanderte, dann war es das Folgende: All das, was wir begehren, zum Beispiel Erfolg, Geld, Besitz, Ruhm, Ansehen und Macht, und wofür wir bereit sind, jahrelang zu schuften, uns zu verkaufen, zu intrigieren, Freunde zu verraten, uns zu erniedrigen, Menschen zu manipulieren oder sie zu zertreten, hat auf dem Berg keinen Wert und keine Bedeutung. Wenn diese Dinge auf dem Berg keinen Wert haben, wenn sie also nicht an sich einen Wert haben, wie können sie dann irgendwo anders einen Wert haben? Wer gibt ihnen einen Wert, und wer bestimmt ihren Wert? Der Hornviper in einem Fels-spalt auf dem Pfad unter dem Jareća Glava, dem Rüsselkäfer auf der Steinplatte in Čepuraši, dem Reh unter dem Obli Kuk, dem Falken oberhalb des Prosenjak – ihnen ist es vollkommen egal, wer ich bin, mein Beruf und meine gesellschaftliche Position, mein Besitz bedeutet für sie gar nichts. Das alles lässt sie völlig gleichgültig. Sie interessieren sich nur dafür, ob ich eine Bedrohung für sie bin oder nicht. Und welche Absichten ich hege. Die Hornviper warnte mich durch ihr Prusten, dass ich die Linie der Diskretion überschritten hatte, und ich blieb stehen, fotografierte sie und wartete geduldig auf ihren nächsten Schritt. Und sie gab nach einer gewissen Zeit die Verteidigungshaltung auf und verschwand in ihrer Ritze. Der Rüsselkäfer erstarrte und stellte sich tot, und ich stieg über ihn und ging meines Weges. Das Reh kümmerte sich überhaupt nicht um mich, es kletterte auf einen mit Zwergwacholder bewachsenen Hang und verschwand zwischen den Felsen. Der Falke zog eine Zeit lang seine Kreise über mir und flog dann in Richtung Vilinski Vrh.

Ich begriff noch einige weitere einfache, gewöhnliche Dinge. Zum Beispiel, dass die Meisterwerke einiger mehr oder weniger berühmten Köche, die ich in den letzten Jahren gekostet hatte, der reinste Fraß sind im Vergleich zu einer Scheibe getrocknetem Rindfleisch, einem Stück Roggenbrot und frischer Paprika, die man auf der Terrasse vor Rossis Hütte auf einem umgestülpten Eimer serviert bekommt, während man den Blick über einen Teppich aus Bergkiefern gleiten und zu den Bergkuppen wandern lässt, von dort zum dichten immergrünen Wald, vom Wald zum Meer, vom Meer zum indigoblauen Himmel, an dem die Turmfalken, die vermutlich ihre Nester auf den Kuppen haben, ihre Tänze vollführen.

Ich begriff, dass all das, was ich wirklich brauche, in einen 40-Liter-Rucksack passt.

Begegnungen mit der Wolke

»Wenn ich herumwandere,
verschlucken Wolken meinen Schatten.«
Ryōkan

In dem Notizheft mit rotem Umschlag, das zu meiner Standard-
ausrüstung beim Bergwandern gehört, lautet der Eintrag vom
25. September 2006:

Zavižan → Jezera
9.30   11.15
*   Kirche Sv. Ante*
14.40 auf dem V. Kosa
ich atme die Wolke ein und aus

Den ganzen Nachmittag versuchen die Wolken, aus der Vukušić Duliba
aufzusteigen. Der Ostwind treibt sie auseinander und zurück.

An dem Tag bin ich über die Jezera-Hochebene gelaufen, eine weit-
läufige Weide im nördlichen Velebit, über die die einst bedeutenden
Wege der Viehzüchter führten. An der Stelle, an der sich früher
die Wege aus Lukovo, Klada und Lubenovac nach Krasno trafen,

teilt sich heute der Bergpfad – eine Abzweigung führt herab nach Krasno, und die andere zum Mali Rajinac, dem höchsten Gipfel im nördlichen Velebit. Hier, am südlichen Rand, liegen riesige Talmulden, und an ihrer tiefsten Stelle befinden sich ein Teich, der nie austrocknet, sowie die Rekonstruktion der Fundamente der Kapelle des Heiligen Antonius (Sv. Ante).

Ludevit Rossi weilte hier am 25. Juni 1896. In dem Manuskript *Velebitom uzduž i poprijeko* (Kreuz und quer durch den Velebit) hinterließ er eine Skizze, die die Mauern der Kapelle und den Teich in der Talmulde zeigt. An derselben Stelle fand sich 1923 Miroslav Hirtz ein, der in seinem Reisebericht in der Zeitschrift *Hrvatski planinar* (Der kroatische Bergsteiger) den Teich und die Unterstände der Hirten erwähnt, nicht aber die Ruinen der Kapelle. Die Talmulde mit dem Teich erwähnt auch Josip Poljak 1929 in *Planinarski vodič po Velebitu* (Bergführer durch den Velebit), aber er erwähnt weder die Unterstände noch die Ruinen der Kapelle. Heute gibt es hier weder eine Kapelle noch irgendwelche Unterstände, es gibt weder Rossi noch Hirtz noch Poljak, aber die Talmulde und der Teich sind immer noch da. Und – auf dem Weg durch den Berg und durch das Leben – bin hier auch ich.

So viel über die Menschen, die menschlichen Werke und die Werke der Natur.

Der Herbst war auf dem Berg schon weit vorangeschritten. Das Gras hatte die Farbe von Wüstensand angenommen. Ich stieg am östlichen Rand der Talmulde bergauf bis zu den morschen Überresten eines alten Hochstands. Tiere, die an der Tränke standen, erschießen!? Diese Jäger hatten wirklich keinen Sinn für Fairplay. Ich wanderte weiter herab bis zu dem Teich und betrachtete die Spuren der Tiere, die hier zusammenliefen und miteinander verschmolzen. Auf dem Rückweg zum Zavižan beobachtete ich von einem beweideten Bergjoch aus die Reihe der Talmulden, die Hirtz wohl ein wenig verstimmt haben mussten, da er sie in seinem Reisebericht als ein großes Hindernis für den Bergsteiger beschrieb. »Sie sind zu tief, einige von ihnen auch reichlich abschüssig, so dass man sie nicht passieren kann, sondern sie umwandern muss, und durch diese Umwege verliert man zu viel Zeit.«

Indem ich an den Rändern dieser Hirtz'schen Talmulden entlangmäanderte, erreichte ich die Kreuzung Buljevac, von wo ich Wolken sah, die aus dem Tal Modrić Dolac aufquollen oder aus einer Talmulde am Icinac und sich über den Vučjak ergossen. Der Himmel im Süden, im Osten und im Norden war klar. Es brodelte nur zwischen dem Vučjak und dem Veliki Zavižan. Als ich auf die Straße stieß, begriff ich, dass die Wolken vom Meer aufzogen, von der Vukušić Duliba.

Ich stieg auf den Velika Kosa und sah, wie sich unten, über dem Velebit-Kanal Kumulus-Wolken zusammenballten. Die steigenden Strömungen wirbelten sie auf und ließen sie zu den Pässen und Gipfeln emporsteigen, wo sie vom Borawind empfangen wurden. Das weiße Wasser, wie der Wasserbiograph Philip Ball die Wolken nannte, umspülte auch den Gipfel, auf dem ich stand. Es umhüllte und verschluckte mich, es drang an mir vorbei und durch mich hindurch, es versperrte mir die Sicht, und dann verflüchtigte es sich

Nächste Doppelseite: Vom Wind getrieben, kommen sie aus dem Gebiet Lika und ergießen sich wie schäumende Wasserfälle über den See in das Tal Zavižanska Kotlina. Dort zerstreuen sie sich und lösen sich auf.

plötzlich, so dass vor meinen Augen Felsen, Blockhalden, Buchenwälder, von Fichten bewachsene Hänge, beweidete Bergsattel, das Meer, die Inseln auftauchten.

Während ich mal auf der Wolke, mal in der Wolke, mal auf dem felsigen Gipfel stand, wurde ich zum Zeugen des Untergangs und der Neuerschaffung der Welt.

Damals habe ich zum ersten Mal die Wolke geatmet.

Seitdem bin ich auf dem Velebit den Wolken oft von Angesicht zu Angesicht begegnet. Es geschah bisweilen, dass sie mich vom Berg vertrieben. Was soll ich hier, so dachte ich, wenn ich nichts sehen kann. Später begriff ich, dass ich nicht immer sehen muss. Das heißt, dass ich nicht immer mit den Augen sehen muss.

Ich begriff auch, warum die Wolken so sehr die Aufmerksamkeit von Dichtern und Mystikern auf sich gezogen haben. Die Antwort darauf hat im 13. Jahrhundert der Zen-Lehrer Dōgen in einer einzigen Zeile zusammengefasst: »Wie irren wir nur wie Wolken durch Geburten und Tode!«

4.7.2008
Seravski vrh
ich laufe durch die Schatten
der Wolken
durch den Wind (12.33)

Diese Zeilen sind weder eine Metapher noch ein Versuch, Poesie zu schreiben, sondern eine nackte, präzise Notiz zu einer unmittelbaren Erfahrung, aufgeschrieben mit einem Bleistift am 4. Juli 2008 um 12:33 Uhr, an dem beweideten Hang des Gipfels Seravski vrh, der sich oberhalb des nördlichen Teils der Rožano-Hochebene erhebt.

Indem sie die Welt um uns herum verhängen, bieten uns die Wolken die Gelegenheit, uns mit uns selbst zu beschäftigen. Oder wir lenken unsere Aufmerksamkeit auf die Dinge in unserer unmittelbaren Umgebung, die wir allzu häufig nicht sehen, da unser Blick von fern liegenden Sichtfeldern angezogen wird. (Čepuraši, im nördlichen Velebit)

Nächste Doppelseite: Unter einer Sturmwolke auf dem Basača, in einem Spalt zwischen Himmel und Erde, in dem der Wind regiert.

Es ist nicht nur sehr beruhigend, die Wolken zu betrachten – indem sie die Welt um uns herum verhängen, bieten uns die Wolken die Gelegenheit, uns mit uns selbst zu beschäftigen. Oder sie lenken unsere Aufmerksamkeit auf die Dinge in unserer unmittelbaren Umgebung, die wir allzu häufig nicht sehen, da unser Blick von fern liegenden Sichtfeldern angezogen wird. Auch die Töne werden im Weiß der Wolken viel klarer.

Als ich einmal vom Veliki Zavižan durch eine Wolke abstieg und auf einem schmalen Pfad durch ein Bergkiefernwäldchen lief, hörte ich den Gesang eines Vogels. Er konnte nicht weit entfernt sein von jener Stelle, an der ich stehen geblieben war. Ich weiß nicht, für wen er gesungen hat, doch ich habe ihm zugehört. Ich konnte ihn nicht sehen, aber der Ton war klar. Nach einiger Zeit konnte ich nicht mehr bestimmen, aus welcher Richtung der Ton zu mir drang, es schien, als würde die Wolke singen. Am Ende war ich mir weder des Ortes bewusst, an dem ich mich befand, noch der Wolke, noch der Bergkiefern, noch des Pfades, noch des Vogels, es existierte nur noch dieser Gesang.

Ein anderes Mal rief mich Ante Vukušić auf die Terrasse vor der Berghütte. Ich trank gerade im Esszimmer meinen Kaffee, schlecht gelaunt, da ich es zwar geschafft hatte, früh genug aufzuwachen, um erneut zu sehen, wie die aufsteigende Sonne die felsigen Gipfel färbte, wie die Schatten der Berge sich über das Meer und die Inseln erstreckten, aber die Wolken die ganze Vorstellung verdorben hatten und ich nicht mehr hatte einschlafen können. Ich fand Ante vor dem Heliographen stehend und nach Osten blickend. Vom Borawind getrieben flossen die Wolken aus dem Gebiet Lika und ergossen sich wie schäumende Wasserfälle über den See in das Tal Zavižanska Kotlina, wo sie sich auflösten und verschwanden. Ich stand da und

Über dem Velebit-Kanal ballten sich Kumulus-Wolken zusammen. Die steigenden Strömungen wirbelten sie auf und ließen sie zu den Pässen und Gipfeln emporsteigen, wo sie vom Borawind empfangen wurden.

konnte meinen Blick nicht von diesem Wolkenschwall abwenden. Die Szene rief mir die Bilder eines alten Traums in Erinnerung.

Einst, vor langer Zeit, träumte ich von Wasserfällen am Meer. Dieser Traum verfolgte mich monatelang. Ich wusste, dass ich von einem Wasserfall am Meer geträumt hatte, doch ich konnte sein Bild nicht in mir wachrufen. Dann vergaß ich das Ganze. Und siehe da, beinahe drei Jahrzehnte später fand ich mich in meinem eigenen Traum wieder: Diese Wolken waren doch die Wasserfälle aus meinem Traum?

Ich kann allerdings nicht behaupten, dass ich wirklich jede Begegnung mit den Wolken genieße. Es ist besser, Sturmwolken aus der Ferne zu betrachten. Zum Beispiel aus Jablanac. Mitte Oktober 2007 war ich mit einem guten Bekannten in Senj, dem Blues-Gitarristen Burkhard Ellgar. Er bereiste schon seit einigen Wochen die Adriaküste, und ich kam aus Zagreb – unser Ziel war der Zavižan. Doch

der nördliche Velebit lag in einer Wolke. Ich schlug ihm deshalb vor, dass wir nach Jablanac fahren sollten, um von dort den Alan zu besteigen. Vielleicht würde die Situation dort besser sein. Doch ich täuschte mich. Eine lila-schwarze Augenbraue bedeckte auch die Gipfel des mittleren Velebits. Zum Glück war die Berghütte Miroslav Hirtz oberhalb des Fährhafens zugänglich, so dass wir uns keine Sorgen um die Übernachtung machen mussten.

Wir verbrachten den Tag mit einem Spaziergang an der Zavratnica-Bucht. Burkhard erzählte, wie er im Jahr zuvor in Neuseeland einen Vulkan bestiegen hatte. Später besuchten wir noch das Grab von Dane Vukušić, der Borawind schleifte das Meer, über Jablanac war der Himmel heiter, und der Blick aus dem gemütlichen Mittelmeerwinkel auf die ferne Sturmwolke und die felsigen Schluchten des Velebits war beeindruckend.

Eine ganz andere Sache ist es, zwischen eine dunkle Wolke und die Erde zu geraten, in jenen Raum, in dem der Borawind herrscht. Genau das ist mir im April 2009 widerfahren, oberhalb von Oštarije, wo mich eine Windböe derart heftig ins Schwanken brachte, dass ich auf allen vieren zu einem Unterschlupf kriechen musste, von wo aus ich alles erneut von der ästhetischen Seite her begutachten konnte.

Die schwarzen Wolken, an denen sich der Glanz der untergehenden Sonne und ein spitzer Grat widerspiegeln, sind der Rahmen für eine imponierende wilde Szenerie – wenn man im Windschutz steht, angemessen bekleidet und nur zehn Minuten von der Berghütte entfernt ist.

Erdorgel

Als ich an diesem Morgen aufwachte und durch das Fenster sah, gab es den Velika Kosa nicht mehr. Er war von den Wolken verschluckt worden, die der Wind aus Richtung Jezera herangetrieben hatte. Ich fragte mich, ob ich in der Nacht aufgewacht war und die Lichter der Fischerboote, die mit ihren Lampen den Meeresboden ableuchten, dort unten zwischen den Inseln Rab und Cres tatsächlich gesehen oder ob ich nur geträumt hatte, dass ich aufwache und die Lichter sehe. Doch ich war mir ganz sicher, dass es in der Morgendämmerung geblitzt und gedonnert hatte. Die Blitze schlugen irgendwo in der Ferne ein. Ich hörte den Wind. Er blies kräftig und ließ die Regentropfen an mein Fenster prallen.

Ich stand auf und ging in die Küche der Berghütte. Der beweidete Hang des Gipfels Velika Kosa zeigte sich mal trübe, mal verschwand er vollständig, und dann wurde wieder alles klar, als gäbe es hier irgendwo einen riesigen Scheibenwischer. Nach dem Frühstück ging ich auf die Terrasse. Für einen Moment konnte ich durch die dünner gewordene Wolkendecke den trüben Widerschein des Meeres und den eisigen Glanz der Sonne wahrnehmen. Da es nicht so aussah, als würde sich das alles bald verflüchtigen, kehrte ich in den Schlafraum auf der ersten Etage zurück. Ich schlüpfte wieder in meinen Schlafsack und las *Love is a Dog from Hell*.

a single dog
walking alone on a hot sidewalk of
summer
appears to have the power
of ten thousand gods.
why is this?[26]

Diese Verse stammen aus derselben Quelle, aus der auch die Verse des Poems *Gedichte von der verrückten Wolke* stammen, die der schräge Zen-Meister Ikkyū Sōjun, der fünfhundert Jahre vor Bukowski lebte, geschrieben hat.

Schreib eine starke Zeile,
die wie eine Nadel
den Schmerzpunkt an deinem Arm trifft!
[…]
Sauf Sake und sing,
bis dir die Stimme wegbleibt,
dann kommen die Worte von selbst.[27]

Bukowski würde über diese Behauptung lachen, wäre er nicht tot. Ich dachte ein wenig darüber nach, dass die Schriftsteller, die mir etwas bedeuten, meist schon tot sind. Ist das ein Grund, sich Sorgen zu machen?

Dann begann es zu schneien, und es donnerte. Ich betrachtete eine Zeitlang das Gewirbel der Schneeflocken vor dem Fenster, dann schlief ich ein. Um die Mittagszeit wachte ich wieder auf. Die Wolken waren aufgestiegen und aufgerissen. Durch die Risse blitzte Licht. Der Borawind wehte, und das Wetter klarte auf. Ich stieg auf den Vučjak. Es hatte schon jemand vor mir denselben Weg genommen; den Spuren im Schnee nach zu urteilen, war es einer jener jungen Füchse, die ich schon seit einigen Tagen um die Berghütte herumschleichen sah. Ich vermied, auf seine Spuren zu treten. Dort war genug Platz für jedermanns Zeichen. Der Himmel über Istrien war klar. Tief unten, oberhalb der Inseln, setzte die Sturmwolke ihren Weg fort. Ein schwarzer Amboss schwebte gerade über dem Berg Osorčica auf der Insel Cres. Ich beobachtete, wie er in Richtung Süden glitt und sich Regen aus ihm ergoss. Zwischen Hajdučki, Rožanski Kukovi und Veliki Kozjak schlichen zerfetzte Wolken umher. Mein Blick fiel auf den Debela Kosa-Abhang.

Dieses beweidete Gegengewicht zur felsigen Bergkuppe des Veliki Zavižan lockte mich bereits seit dem September des vergangenen Jahres. Es schien heute ein guter Tag für eine Begegnung zu sein. Im Sommer war ich beinahe hinaufgestiegen, als ich von Rossis Hütte zurückkam. Doch die große Neigung der Schräge des nordöstlichen Abhangs entmutigte mich. Ante hatte mir inzwischen erklärt, dass es einen nicht markierten Pfad gebe, den einst die Podgorci benutzten, wenn sie das Heu am Debela Kosa-Hang zusammensammelten.

Den Anfang des Pfades fand ich ohne Schwierigkeiten. Der Anstieg war sanft und führte durch einen Buchenwald. Der Boden war bedeckt mit körnigem Schnee. Später wurden die Buchen von Fichten abgelöst. Ich gelangte auf eine Lichtung, und der Anstieg begann steiler zu werden. Auf der Kuppe trat ich in den Wind. Ein kräftiger, eisiger Ostwind. Der gleiche Wind wehte hier schon vor tausend, vor hunderttausend, vor hundert Millionen Jahren, seit jeher. Er war so alt wie der Berg selbst und noch älter.

Die eisigen Spieße auf den Felsen unter dem Veliki Zavižan sind das Werk des Borawindes vom Velebit. Von ihrer Kraft und den rauen Wetterverhältnissen zeugen die Fichtenbäume, deren eine Hälfte, die nach Osten gerichtet ist, fehlt, da die Bora im nördlichen Velebit aus dieser Richtung weht. Sie formt auch den niedrig gewachsenen Bergbuchenwald.

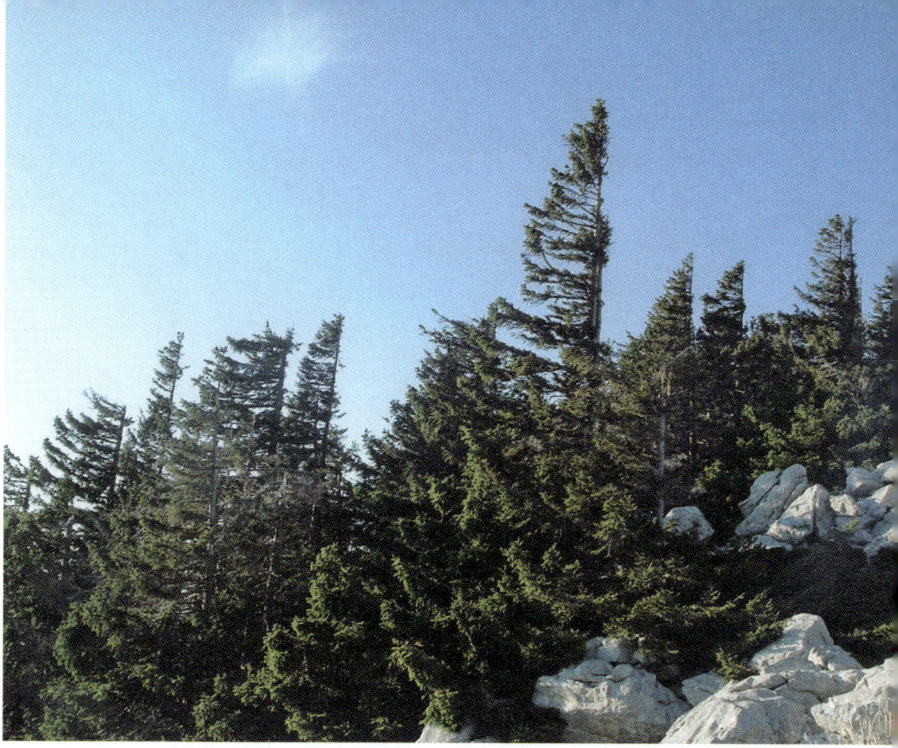

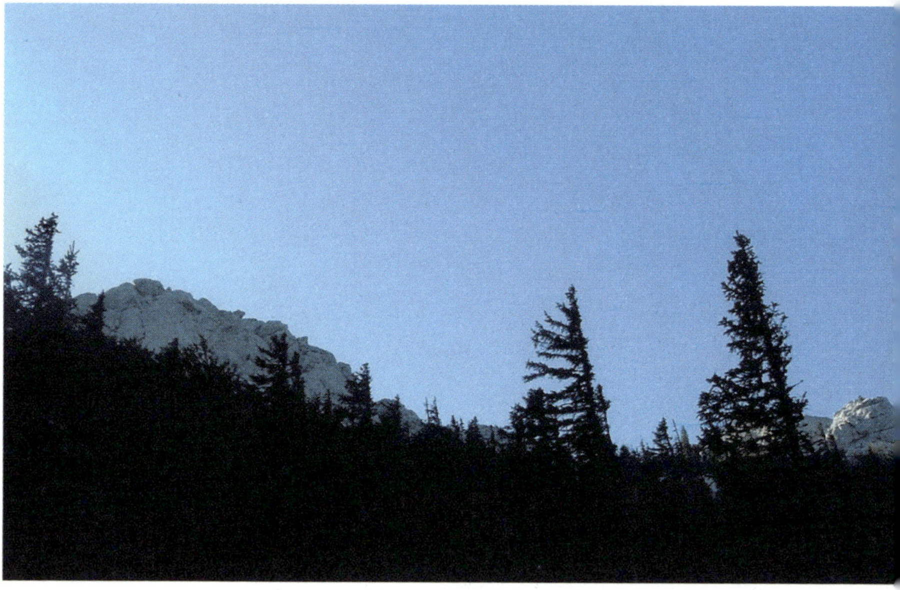

Im letzten Jahr, irgendwann Ende September, konnte ich eines Nachts wegen eines stürmischen Windes nicht einschlafen, der über die Berghütte hergefallen war und durch die Baumkronen und Schratten heulte. Diesen Ton hat Dschuang Dsi »der Erde Orgelspiel« genannt.

»Die große Natur stößt ihren Atem aus, man nennt ihn Wind. Jetzt eben bläst er nicht; bläst er aber, so ertönen heftig alle Löcher. Hast du noch nie dieses Brausen vernommen? Der Bergwälder steile Hänge, uralter Bäume Höhlungen und Löcher: Sie sind wie Nasen, wie Mäuler, wie Ohren, wie Dachgestühl, wie Ringe, wie Mörser, wie Pfützen, wie Wasserlachen. Da zischt es, da schwirrt es, da schilt es, da schnauft es, da ruft es, da klagt es, da dröhnt es, da kracht es. Der Anlaut klingt schrill, ihm folgen keuchende Töne. Wenn der Wind sanft weht, gibt es leise Harmonien; wenn ein Wirbelsturm sich erhebt, so gibt es starke Harmonien. Wenn dann der grause Sturm sich legt, so stehen alle Öffnungen leer. Hast du noch nie gesehen, wie dann alles leise nachzittert und bebt?«[28]

Als ich nach einer langen Nacht voller Albträume am Morgen aus dem Schlafsack kroch, dröhnte die Erdorgel immer noch mit voller Wucht. Das war also der wahre Borawind. Warum auch immer, ich hatte gedacht, dass es ihn in den Gipfeln des Velebits nicht gibt. Dass er hier vorbereitet und angerichtet wird, um sich dann bergabwärts zu stürzen.

Ante erzählte, dass der Wind manchmal so stark weht, dass die Instrumente die Windstärke nicht mehr erfassen können. Ivan Hapač von der Berghütte auf dem Veliki Alan erzählte mir von der Kraft des dortigen Borawinds. Wenn er seine größte Stärke erreiche, dann habe man keine Chance, sich auf der Lichtung vor der Hütte aufzuhalten oder über die davor gelegene Straße zu laufen. Wenn man von der Meerseite hierherkommen wolle, müsse man

diese Lichtung unbedingt meiden und stattdessen durch den Wald gehen und von der nördlichen Seite her kommen. Einmal habe er gesehen, wie die Böe eines Boraorkans einen Hund erwischt habe, der unvorsichtigerweise auf die Lichtung trabte. Sie wirbelte ihn in die Höhe und schmetterte ihn dann fünfzehn Meter weiter auf die Erde. Der Hund kam wieder auf die Beine, drehte sich einige Male verwirrt im Kreis und versuchte zu begreifen, was ihm widerfahren war, um dann weiterzutrotten und seinen Geschäften nachzugehen.

Der Borawind formt jene Fichtenbäume, deren nach Osten gerichtete Hälften wie mit einem Rasiermesser entfernt zu sein scheinen. Er trägt die Regentropfen und den Morgentau auf die Felsen und die Äste der Fichten und verwandelt sie dann in eisige Nadeln, Spieße und Klingen. Mich empfing er auf der Kuppe des Debela Kosa-Abhangs, schlug mir ins Gesicht, drang in meine Nasenlöcher und Ohren ein, trieb mir Tränen in die Augen, so dass ich gezwungen war, ihm den Rücken zu kehren und Schutz zu suchen. Ich versteckte mich hinter einem Haufen Steine. Ich saß mit dem Rücken gelehnt an einem schrägen, glatten Felsen und aß Cracker. Im Nordosten reihten sich die Bergketten und die wattebauschartigen Wolken aneinander. Und über ihnen war der Himmel klar und metallblau. Dicht unter den Wolken konnte ich die Umrisse des Gebirgszugs Lička Plješivica sehen. Zwischen dem Veliki Rajinac und dem Hajdučki Kukovi öffnete sich die Region Lika, während man im Hintergrund die dunkle Kette des südlichen Velebits erkennen konnte. Unter mir – Steine, Felsen und Wald. Ich sah die grünen Tieflagen der Smrčeve Doline, an denen entlang der alte Pfad zu Rossis Hütte führt. Dahinter die ruhige, ebene Fläche des Meeres mit den dunklen Inselstreifen und jene des Himmels mit weißen Wolkenstreifen. Der Wind pfiff über meinen Kopf.

Am Nachmittag flaute der Borawind ab. Hier war Lao Tses Lehre über die Naturgesetze am Werk.

> Ein Wirbelsturm dauert keinen Morgen lang.
> Ein Platzregen dauert keinen Tag.
> Und wer wirkt diese?
> Himmel und Erde.
> Was nun selbst Himmel und Erde nicht dauernd vermögen,
> wie viel weniger kann das der Mensch?[29]

Ich fand das Büchlein *Tao Te King* in einem schlechten Einband und ziemlich abgenutzt in einer Kaserne der Jugoslawischen Volksarmee in Svilajnac in Serbien, wo ich vom Sommer 1982 bis zum Sommer 1983 als Soldat diente. Ich zählte meine letzten Tage in der oliv-grauen Uniform, als mir dieses Büchlein in der Bibliothek

der Kaserne (wo ich Kaffee und Schnaps mit dem Bibliothekar zu trinken pflegte; einen guten montenegrinischen Schnaps mit diesem guten, jungen Mann aus Montenegro) in die Hände fiel. Der Titel hatte mich angezogen. Es klang wie der Titel einer Fortsetzung des Romans *Čangi Off Gottoff* von Alojz Majetić. Da es weder im Katalog auftauchte noch mit einem Stempel versehen war, sagte ich meinem Kumpel, dass ich es als Souvenir mitzunehmen beabsichtigte. Er hatte nichts dagegen. Dieses Büchlein trieb sich beinahe ein Vierteljahrhundert auf den Regalbrettern unserer Wohnung herum, um sich nun in meinem Rucksack wiederzufinden, und zwar als Gutenachtlektüre auf dem Velebit.

Ich saß auf der Terrasse vor der Berghütte, trank Tee und gab mich der Stille hin. Der Himmel über Istrien nahm eine blassblaue Farbe an, als würde er von der anderen Seite beleuchtet. Der dünne, trübe Indigostreifen der westlichen Küste Istriens. Einige Wolken am Himmel, die ihren Platz nicht verlassen wollten. Das ist das Ende, dachte ich. So muss das Ende der Welt aussehen. Dahinter gibt es nichts mehr.

Pferde und Schmetterlinge

Immer wenn ich Ante Vukušić frage, wie das Wetter morgen sein wird – und ich stichele häufig mit dieser Frage, da ich weiß, dass er als ein Mensch, der vollständig in der Gegenwart lebt, keine Prophezeiungen und Vorhersagen abgeben mag –, antwortet er mir lakonisch, ich möge mich bei seinen Pferden erkundigen.

Was die Pferde mit Meteorologie zu tun haben, entdeckte ich Ende Mai 2007. In diesen Tagen leistete mir mein Kollege und Freund Tomica Bajsić Gesellschaft in den Bergen. Wir wanderten herum, gingen bis zu Rossis Hütte, stiegen auf den Veliki Zavižan und unterhielten uns über verschiedene bedeutsame Dinge – über die Schnecke, die ein horizontal liegendes Häuschen hat und die wir in Modrića Dolac beobachtet hatten, über die Riesenfichte, die aus einem Felsspalt herauswuchs, über die launige Buche am Straßenrand unterhalb der Berghütte, die es sich zweimal anders überlegt zu haben schien (sie wuchs zunächst wie die Mehrheit aller Bäume in die Höhe, danach wurde sie von irgendeiner Macht gebeugt, und ihr Stamm neigte sich zurück zur Erde, um sich am Ende erneut gen Himmel aufzurichten), darüber, dass die Bergsteiger der alten Schule immer Karohemden und Dreiviertel-Cordhosen tragen und immer zu einem Scherz aufgelegt sind (und sobald sie einen Gipfel erklommen haben, wird sofort von irgendwoher eine Gitarre herbeigezaubert), wir rätselten darüber, was wohl die Menschen dazu bringt, Hügelgräber auf den Berggipfeln anzulegen, und über ähnliche Dinge.

An diesem Morgen schlichen zerklüftete Wolken durch das Talbecken des Zavižan. Und dann erschienen Pferde, eine Herde, die sonst freilaufend in der Gegend von Jezera weidet. Den ganzen Vormittag über versuchten Hunde, sie zur Weide zurückzutreiben. Sie sprangen sie an und bellten, doch die Pferde ließen sich nicht beeindrucken. Bis zum frühen Nachmittag weideten sie in aller Ruhe unter dem Nordhang des Velika Kosa, und dann liefen sie bergab in Richtung Babrovača und zum Meer.

Am Abend begann es zu schneien.

In dem Buch *Wind, Sand und Sterne* von Antoine de Saint-Exupéry lesen wir in der Erzählung *Die Wüste* vom Wind, der nach vielen Monaten plötzlich zu wehen aufhört; in jenem Moment erblickt der Erzähler einen grünen Schmetterling und zwei kleine Libellen, die vor seine Lampe fliegen. »Es treibt mich nochmals hinaus. Nun ist es ganz windstill und ebenso kühl wie vorher. Und doch habe ich eine Warnung erhalten. Ich ahne oder glaube zu ahnen, was mich erwartet. Habe ich recht? Weder Himmel noch Sand geben mir ein noch so leises Anzeichen. Aber Libellen und ein grüner Schmetterling haben mir etwas zugeflüstert. Ich klettere auf eine Düne und setze mich hin, das Gesicht ostwärts gewendet. Und ich habe recht gehabt, ja es wird recht bald losgehen. Was täten denn auch sonst diese Libellen hier, Hunderte von Kilometern von den Oasen im Landesinneren entfernt? Kleine Trümmer, die die Brandung an den Strand wirft, berichten von dem Taifun, der auf hoher See gewütet hat. Diese Insekten beweisen, dass ein Sandsturm naht,

Bis zum frühen Nachmittag weideten die Pferde in aller Ruhe im Talbecken des Zavižan, und dann liefen sie bergab in Richtung Babrovača und zum Meer. Am Abend begann es zu schneien.

ein Ostwind, der die fernen Palmenwälder, die Heimat der grünen Schmetterlinge, heimgesucht hat. Schon hat der Schaum bis zu mir gespritzt.«[30]

Seitdem erkundige ich mich immer dann, wenn ich mich auf dem Zavižan befinde, nach den Pferden, wo sie seien, ob sie in der Gegend von Jezera weiden oder ob sie zum Meer herabgezogen sind. Mit einem Auge halte ich auch Ausschau nach den Kumulus-Wolken über dem Osorčica, ob sie sich dort häufen, was – wie es heißt – eine zuverlässige Ankündigung für Regen darstellt. Immer noch kann ich die Zeichen der Schmetterlinge, Schnecken, Schlangen, Rehe, Zaunkönige, Hasen und anderer Wesen, denen ich im Velebit begegne, nicht entziffern. Zeigen sie irgendein Verhalten, das einen Wetterwechsel verrät? Sind sie zuverlässiger als das Weissagen aus Schmerzen in den Knochen und die Wettervorhersagen des staatlichen Wetteramts? Ich weiß, dass der Mensch sich nicht auf die Vögel verlassen kann. Ihnen ist es egal, ob es wolkig sein oder ob es schneien oder regnen wird, sie singen immer. Einmal haben mich Regen und Vogelgesang auf der gesamten Strecke von Gromovaća nach Zavižan begleitet, einer Entfernung von ungefähr zwei Gehstunden. Der Regen setzte aus, als ich über die Schwelle der Berghütte trat, aber die Vögel sangen fröhlich weiter.

Jener Schmetterling, der einmal auf meinem Schuh gelandet war … welcher Zyklon war es, dessen Wut ihn bis nach Rožano getrieben hatte? Wollte er mir irgendetwas sagen? Nein, er wollte mir nichts sagen. Es war der Schwarze Schmetterling vom Velebit, der einfach auf meinem Schuh gelandet war, ohne Absichten und Hintergedanken. So wie jener Hase einfach vor uns aufgetaucht war, während mein Sohn und ich auf dem Felsen des Vučjak saßen und uns nicht zu atmen trauten, bis er ins Gebüsch hoppelte. So wie der

Welcher Zyklon war es, dessen Wut diesen Schmetterling auf meinen Schuh getrieben hat? Will er mir irgendetwas sagen? Nein, er will mir nichts sagen. Er ist einfach auf meinem Schuh gelandet.

Schatten eines Adlers nur über das Gras im Baričević Dolac an mir vorbeihuschte. So wie ich einfach nur durch den Velebit wandere, ohne mich im Grunde darum zu kümmern, wo sich die Pferde und Schmetterlinge befinden.

Wenn der Regen mich unterwegs erwischt, suche ich nach Möglichkeit Schutz, oder ich werfe mir einfach mein Regencape über und wandere weiter. Noch nie hat mich ein Sturm in offenem Gelände überrascht, und ganz gewiss würde ich nicht unter einer Fichte nach Schutz suchen. Ein solches verwunschenes und mit trockenen Nadeln gepolstertes Plätzchen schien mir ein sehr gemütliches Refugium vor dem Sturm zu sein, bis mich Mirko Vukušić, der Aufseher des Nationalparks Nördlicher Velebit, auf eine vom Blitz getroffene Fichte aufmerksam machte. Die Narbe, die der Blitz über die Länge des gesamten Baumstammes hinterlassen hatte, zwang mich über alternative Zufluchtsorte nachzudenken.

In einem alten Buch über hohe Bergketten hatte ich gelesen, dass ein Blitz beinahe nie in Buchen einschlägt.

Natürlich nicht.

Auch nicht in Brennnesseln – so heißt es zumindest in einem kroatischen Sprichwort.

Vorherige Doppelseite: Den Vögeln ist es egal, ob es wolkig sein oder ob es schneien oder regnen wird, sie singen immer. Einmal haben mich Regen und Vogelgesang auf der gesamten Strecke von Gromovaća nach Zavižan begleitet.

Der Meister Namenlos

Man sagt, dass jedem künstlerischen Werk ein verborgenes Schema zugrunde liegt, ausgerichtet darauf, einen bestimmten Effekt hervorzurufen; dass die Kunstwerke eigentlich eine Affirmation des Egoismus sind, das heißt, sie sind Container einer Affektiertheit und allerlei versteckter Motive. Auf der anderen Seite spürt man bei Naturformen die vollständige Abwesenheit von Absichten und heimlichen Motiven. Ihrem Schöpfer, dem Meister Namenlos, ist es vollkommen egal, was wir über sie und über ihn denken. Für seine Arbeit verlangt er keine Abfindung und keinen Preis. Er wird nicht von der Gier nach Ruhm und Macht getrieben. Vermutlich ziehen uns diese Formen deshalb so an, mit einer Intensität, einer Kraft, die uns häufig verwirrt zurücklässt, da wir nicht wissen, woher sie stammt.

Deshalb fühlt man sich gut inmitten der Bergkuppen, Kreidefelsen, die Regen, Eis und Wind zerklüftet haben. Beim Wandern durch ihr Vorland, ihre Sattel und Abhänge, durch die Täler, die sie umgeben.

Oder etwa gegenüber der Bergkuppen auf der nördlichen Seite des Prosenjak, einer Hochebene oberhalb von Obrovac, vor denen zu Beginn des vergangenen Jahrhunderts Dr. Radivoj Simonović stand,

»Rechts klafft ein ganzer Berg: ein riesiges Erdloch, das von oben gewiss wie eine bodenlose Schneegrube aussieht, links ein schmaler, langer Riss, vorne eine Grotte mit gotischer Bogenwölbung, an beiden Enden geöffnet – eine Abkürzung des Weges vom Abgrund in die Verderbnis.« (Ante Premužić über die Kuppen von Rožan)

ein Arzt aus Samobor und Meister der Fotografie. Simonović wanderte einige Jahrzehnte durch den Velebit, »vorwiegend auf seinem Rücken und auf seinen Rippen«, und fotografierte unermüdlich dabei. In der Artikelserie *Velebit – najljepša hrvatska planina* (Der Velebit – das schönste kroatische Bergmassiv), veröffentlicht 1914 in *Hrvatski planinar* (Der kroatische Bergsteiger), schreibt er: »Ich ging über Schratten, der Regen durchnässte mich, und ich fror, ich briet in der Sonne und schwitzte, ich hungerte und dürstete, und doch wanderte ich jedes Jahr mindestens zehn bis zwanzig Tage durch den Velebit. Ich bemühte mich, ihn vollständig zu erforschen und so viele schöne Bilder vom Velebit wie möglich als Erinnerung mitzunehmen, um ein Album zu gestalten, das niemand sonst hat! In den ersten Jahren suchte ich nach Motiven in den Wäldern und auf den Weiden unterhalb der Gipfel, und später fotografierte ich vorwiegend nackte Felsen.«

Auch Ante Premužić, Ingenieur, Bergsteiger und Initiator des Pfades, der sich von der Dešinovac-Alm über die Höhen des Velebits bis nach Baške Oštarije schlängelt, schätzte derartige Anblicke. Er hielt sich 1929 bei den Kuppen von Rožan auf, und so beschrieb er sie 1930 in der Zeitschrift *Hrvatski planinar*:
»In den Maaren, den Klippen, die zwischen ihnen liegen, und den zerklüfteten Felskuppen – ein unbeschreibliches Geflecht und ein üppiger Reichtum von Steinformationen, von nackten, zackigen, rutschigen, ausgefransten, mit gesträubten, niedrigen Bergwäldern bewachsen, krumm, eingedellt, im Kriechen stecken geblieben, zerrissen von Schratten in Form von Orgeln, modernen Fassaden, schlanken und dicken Türmen, Köpfen auf Hälsen. Rechts klafft ein ganzer Berg: ein riesiges Erdloch, das von oben gewiss wie eine bodenlose Schneegrube aussieht, links ein schmaler, langer Riss, vorne

eine Grotte mit gotischer Bogenwölbung, an beiden Enden geöffnet – eine Abkürzung des Weges vom Abgrund in die Verderbnis. Darüber eine Felsklippe wie eine Brücke von einem Turm zu einer Burg. Inmitten der Abgründe und Schluchten erstrecken sich steil abfallende Kuppen und halsbrecherische Felsen und scharfe Klippen (auch mein Gefährte musste jeden Abend seine Hose flicken!), als würden sie der zerstörerischen Kraft von Eis und Schnee, von Regen und Winden, von Sonne und Blitzen trotzen. Von einer Seite stützen sich der Varnjača und von der anderen der Crikvena mit ihren glatten, hundertfünfzig Meter hohen Pylonen aus Stein, die wirken, als wären sie aus Stahl, auf den Boden eines Maars; sie erheben ihre Köpfe stolz auf über 1600 Meter Höhe und kümmern sich nicht um das Bellen der unterirdischen Schlünde, die sie von allen Seiten angaffen! Solange wir hier sind, kann uns niemand etwas anhaben! […]

Ein Garten aus Bergkuppen, ein Garten aus Felsen, ein Garten aus Spitzen, aus Türmen und Obelisken, ein Garten aus Blockhalden, aus kleinen Terrassen und Felsabhängen, ein Garten aus Maaren, Gruben, Schluchten, Abstürzen und Abgründen. Ein Spielfeld, ein Experimentierfeld und eine Fabrik der unermesslichen Kräfte des Karstgebietes. Eine gigantische Schöpfung und Auflösung der Formen.«

Als ich einmal von einer Tour über die Kuppen von Rožan zurückkehrte, fand ich auf der Terrasse der Berghütte Zavižan Ante Vukušić im Gespräch mit der Geologin des Nationalparks. Immer noch unter dem starken Eindruck der aufgewühlten und siedenden Steinlandschaft, durch die ich gelaufen war, sagte ich, dass ich viel darauf gegeben hätte, die Entstehung der Rožanski Kukovi miterlebt zu haben. Die Geologin sah mich an, und ohne ihren ironischen

Ton zu verbergen, sagte sie: »Sie haben sich um einige Dutzend Millionen Jahre verspätet.«

Damals war ich mir dessen nicht bewusst, doch heute spüre ich, dass in einer Welt ohne Anfang und Ende, in der alles ununterbrochen geboren wird, wächst, sich verändert und verschwindet, die Rožanski Kukovi genauso wie alle anderen Bergkuppen nicht in der Vergangenheit entstanden sind, vor sechzig oder wie-viel-auch-immer Millionen Jahren, sondern dass sie gerade jetzt in Entstehung begriffen sind, in dem Augenblick, in dem ich sie betrachte. Die geologischen Veränderungen sind, genauso wie die menschlichen Geburten und Tode oder das Entstehen und Verschwinden der Wolken, konstante Prozesse; Berge und Felsen, genauso wie Menschen und Wolken, verändern sich von Augenblick zu Augenblick. Die

H. D. Thoreau: »Eine fünf Meter lange Steinmauer um das Feld eines braven Mannes ist eindrucksvoller als ein hunderttoriges Theben, das sich viel weiter vom wahren Leben entfernt hat.«[31]
(Mauer in Trockenbau auf dem Mirevo im mittleren Velebit)

Rožanski Kukovi, die Premužić betrachtete, sind nicht identisch mit jenen, die ich gerade betrachte.

Und wenn wir schon dabei sind – was hätte ich darum gegeben zu erleben, wie die felsige Membran zwischen der iberischen

Dank des guten Brauchs der Japoden, die Felsen in Ruhe zu lassen – und auch die Slawen haben kein übertriebenes Interesse am Steinmetzgewerbe gezeigt – , haben sich die Kuppen des Velebits bis heute erhalten. (Prosenjak, südöstlicher Velebit, und die Kuppen von Rožan, nördlicher Velebit)

Halbinsel und Afrika aufbricht und wie der Ozean in das Bassin einstürzt, das später Mittelmeer genannt werden wird. Was muss das für ein Anblick gewesen sein, aber niemand hat es gesehen. So viele Dinge auf dem Planeten sind geschehen, ohne dass der Mensch anwesend war. Und so viele werden noch geschehen. Das bringt mich zu der Frage nach dem Geräusch, das beim Brechen eines Astes entsteht. Kracht ein Ast beim Brechen, wenn da niemand ist, der es hören kann?

Thoreau machte sich über die prachtvollen Steinbauten lustig, die die alten Völker hinterlassen haben. Er hielt den Prunk Thebens für »gewöhnlich« und betonte, dass er die Steine viel lieber dort sehen würde, wo sie hingehörten, nämlich in der Natur. »Eine fünf Meter lange Steinmauer um das Feld eines braven Mannes ist

Dem Schöpfer dieser Reliefs auf dem Čepuraši im nördlichen Velebit, dem Meister Namenlos, ist es völlig egal, was wir über sein Werk und über ihn denken.

eindrucksvoller als ein hunderttoriges Theben, das sich viel weiter vom wahren Leben entfernt hat.« Nicht besser dachte er auch von den ägyptischen Pyramiden, an denen »nichts so erstaunlich [ist], als dass sich so viele Menschen dazu hergaben, ein Grabmal für einen ehrgeizigen Hanswurst zu errichten. Klüger und menschlicher wäre es gewesen, ihn im Nil zu ersäufen und seinen Leichnam den Hunden preiszugeben.« Am Ende sagte er, dass es ihn viel mehr interessieren würde, »wer in jenen Tagen nicht gebaut hat, wer über derlei Firlefanz erhaben war«.

Die Japoden zum Beispiel.

Sie waren über derlei Firlefanz erhaben.

Sie lebten eine Zeitlang hier, in dem Gebiet, das durch die Flüsse Una und Kupa und das Velebit-Gebirge begrenzt wird, und dann sind sie fortgegangen, ohne allzu viele Spuren zu hinterlassen. Es lag ihnen nicht, Steine aus dem Felsen zu brechen und zu behauen. Und nicht im Entferntesten dachten sie an so etwas wie Pyramiden, Theben, Pergamonaltar und Ähnliches.

Ihre Siedlungen pflegten sie auf Anhöhen zu errichten und wählten natürliche Plateaus. Ihre Häuser bauten sie aus Holz und Stein, meist unbearbeitet, und sie verwendeten eine Trockenbautechnik. So erbauten sie auch die Schutzanlagen, die ihre Siedlungen umgaben. Sie betrieben Ackerbau und Viehzucht, Bergbau und Schmiedekunst. Sie waren friedfertig, hatten aber das Pech, auf dem Weg, den die römischen Horden nahmen, zu siedeln, als diese sich auf einem Feldzug nach Pannonien und Mitteleuropa befanden (und die Römer hatten auch ein Auge auf ihre Bergwerke geworfen). Deshalb haben sich die Römer, ansonsten Liebhaber der Poesie, Philosophie, Bildhauerei und Architektur, dazu entschlossen, die Japoden zu unterwerfen und ihre Siedlungen zu zerstören. Und da die Japoden so richtig unzivilisiert waren und nicht nur keine feinfühligen Dichter und Philosophen hatten und auch keine Bildhauer, die Statuen ihrer Herrscher, Kurtisanen, Dichter und Philosophen erschaffen konnten, sie bauten auch keine Foren, Tempel, Mausoleen, Triumphbögen und Kolosseen, da sie also derartige Barbaren waren, dass sie nicht einmal über eine eigene Schrift verfügten, mussten die Römer also selbst ein schriftliches Dokument hinterlassen, und zwar darüber, wie sie Metulum. die Thronstadt der Japoden, zerstörten und wie sie dabei Frauen und Kinder in das Rathaus einschlossen und es dann anzündeten (es ist interessant, dass sich dieser Brauch des Umgangs mit Zivilisten bis in unsere Tage erhalten hat – ob in Algerien, Vietnam, Srebrenica, Tschetschenien oder im Gazastreifen).

Vorherige Doppelseite: Ich verspüre mehr Hochachtung und Bewunderung, wenn ich vor den Felsen des Velebits stehe, als wenn ich mich vor dem Pergamonaltar und den riesigen griechischen Säulen im Pergamonmuseum in Berlin befinde. (Der Bojinac im südlichen Velebit)

Die Japoden haben also nicht viel hinterlassen. Vielleicht weil sie genau wie die alten Chinesen wussten, dass das einzig Lebenswerte das Leben selbst ist. Dass die Schrift nur eine grobe Skizze der Wirklichkeit darstellt und dass das Erbauen von voluminösen steinernen Gebäuden die Sache verirrter, nicht erwachsen gewordener, unreifer Menschen ist. Darüber hat ein etwas anders gestrickter Römer in seinen *Dialogen* geschrieben – und zwar Lucius Annaeus Seneca.

Und so haben sich – dank des guten Brauchs der Japoden, die Felsen in Ruhe zu lassen, und auch dank der Zurückhaltung der späteren Bewohner dieser Gegend, der Slawen, die kein übertriebenes Interesse am Steinmetzgewerbe gezeigt haben – die Kuppen des Velebits bis heute erhalten. Auf der Erde liegt der Kohlenstoff vorwiegend gebunden in Karbonatfelsen, und wenn er herausgelöst und als Kohlendioxid in die Atmosphäre entlassen würde, dann wäre es hier so dicht und kalt wie auf der Venus. Dass die Felsen eigentlich nur einen Container für Kohlenstoff darstellen, mindert ihre Schönheit nicht. (Als wäre der Mensch mehr als – so Lynn Margulis und Dorion Sagan – eine laufende Ansammlung von Bakterien, so dass »die Welt flimmert wie eine pointillistische Landschaft aus winzigen Lebewesen«.[32])

Jedenfalls empfinde ich mehr Hochachtung und Bewunderung, wenn ich den Felsen im Velebit gegenüberstehe, als wenn ich mich etwa vor dem Pergamonaltar und all jenen riesigen griechischen Säulen im Pergamonmuseum in Berlin befinde.

Dieses Museum habe ich ausnahmsweise betreten. Ansonsten meide ich solche Orte. Das, was in ihnen ausgestellt ist, ist nichts anderes als die Beute einer schamlosen Plünderung. Aus diesem Grund bin ich auch nie ins British Museum gegangen, noch will ich je den Louvre betreten. Bevor ich ein Museum besuche, erkundige ich mich immer, was dort ausgestellt wird. Diese Dinge gehören an ihre ursprünglichen Orte oder doch zumindest in die Museen jener Staaten, aus denen sie stammen. Das British Museum, der Louvre, das Pergamonmuseum, sie alle sind Magazine für geplünderte Kunstwerke und Denkmäler eines rücksichtslosen, überheblichen kolonialistischen Bewusstseins, das immer noch in den sogenannten großen Kulturen vorhanden ist.

Obwohl ich an jenem Tag im Berliner Pergamonmuseum nicht anders konnte, als vor dem Ischtar-Tor aus dunkelblauen Ziegelsteinen, die mit goldenen Drachen und Stieren verziert sind, etwas Ähnliches zu empfinden wie vor den Steinstatuen, die Meister Namenlos im Velebit errichtet hat. Ich empfand Hochachtung vor den namenlosen Maurern, die 575 Jahre vor Christus auf Anordnung Nebukadnezars II. diesen Nordeingang Babylons errichtet hatten. Im Unterschied zu den griechischen Säulen und zum Pergamonaltar, so dachte ich, wurde zum Bau dieser Tore kein einziger Felsen zerstört. Sie wurden aus Erde, Wasser, Feuer und menschlicher Mühe geschaffen. Außerdem ist es gut, dass sie sich in Berlin befinden. Hätten sie sich zufällig dort befunden, wo sie eigentlich hingehörten, nämlich achtzig Kilometer südlich von Bagdad, hätten sie das Schicksal ihrer Replik erlitten.

Auf ihrem Raubzug im Irak im Jahr 2003 haben die amerikanischen Troglodyten in Tarnuniformen, die mit Kettenrädern die 2600 Jahre alten Bürgersteige aus Ziegelstein zertrümmerten, auf den geschützten Überresten des antiken Babylons einen Parkplatz für schwere Militärfahrzeuge und einen Hubschrauberlandeplatz gebaut, vom Ischtar-Tor rissen sie acht Drachenreliefs und transportierten sie fort.

Das Wasser

Erst wenn ich nach einem langen und anstrengenden Fußmarsch durch eine karstige, trockene Gegend auf eine zwischen den Felsen versteckte Quelle stoße, und wenn ich das klare Wasser mit meinen Händen schöpfe und zum Mund führe, erst dann beginne ich zu begreifen, um welch wunderbare Kostbarkeit es sich handelt. Und das ist auch verständlich – gewiss kommt mir nicht dieser Gedanke in den Sinn, wenn ich zu Hause am Spülbecken stehe und den Wasserstrahl aus dem Hahn betrachte. Doch sobald ich mich außerhalb der Reichweite der Wasserversorgung und der häuslichen Wasserzufuhr befinde, kümmere ich mich zuallererst um das Wasser. Erst dann mache ich mir Gedanken um Nahrung und eine Bleibe für die Nacht.

Das Wasser genoss im Velebit immer ein hohes Ansehen. Obwohl die Spuren von Wasser und Eis überall präsent sind, hat man in den Rillen und den Furchen der Schratten, im Karst und in den Blockhalden kein Wasser im Überfluss. Die oberste Gottheit der Japoden, die einst in diesem Gebiet lebten, hieß Bindus (Wassergott), und sie verehrten auch Thana, die Göttin der Quellen. »Der beschriftete Stein«, eine lateinische Inschrift, die in den Felsen neben der Quelle bei Legenac auf der Lika-Seite des mittleren Velebits eingemeißelt

ist, verweist auf Spannungen zwischen zwei ansonsten friedfertigen japodischen Stämmen bezüglich der Wassernutzung:

EX CONVENTIONE FINIS
INTER ORTOPLINOS ET PARE
NTINOS ADITUS AD AQUAM
VIVAM ORTOPLINIS PASUS
D LATUS

Aufgrund des Abkommens über die Grenzen zwischen den Ortoplinen und den Parentinen, ist der Zugang zum lebendigen Wasser den Ortoplinen in einer Breite von fünfhundert Schritten erlaubt.

Während der nächsten beiden Jahrtausende waren die Viehzüchter des Velebits ständig mit Wasserknappheit konfrontiert. Vor allem diejenigen, die im Sommer ihre Herden auf den mittleren und hohen Ebenen weiden ließen. Die Netze der uralten Hirtenpfade und -wege, die immer noch zu erkennen sind, verbanden die Karstfelder, Bergwiesen und Täler mit den raren Quellen, Teichen, Wassertrögen und Brunnen. Die Reiseberichte aus dem Velebit erwähnen bis in die siebziger Jahre des vergangenen Jahrhunderts Hirten, ihre Bräuche, ihre Unterstände, die Herden und ihre Bemühungen, sich in diesem wasserarmen Gebiet zu halten. Danach starb die Viehzucht aus, die Hirten verließen das Bergmassiv und suchten Arbeit in den Städten. Heute stellt der Durst nur noch eine Herausforderung für Bergsteiger dar.

Ihnen geht es auch ohne Regen gut. (Der Boden der ausgetrockneten Lache im Tal am Fuße des Klekovac im südöstlichen Velebit)

Als ich im Frühjahr 2009 auf dem Premužić-Pfad von Oštarije in Richtung Norden wanderte, fand ich mich beim Übergang vom Wald zum Abhang Dabarska Kosa in einem Reisebericht von Šime Balen wieder. Ich sah auf dem tiefer gelegenen Feld Duboko (Balen nennt es Dumboka), das mit frischem Gras bedeckt war, eine Schafherde, und am Rande des Feldes bewegte sich der Hirte wie ein schwarzes Pünktchen. Ein ähnliches Szenario betrachteten Dane Vukušić und Šime Balen vom selben Standort aus, als sie 1984 durch den mittleren Velebit wanderten; Balen beschrieb diese Szene in seinem Buch *Velebit se nadvio nad more* (Der Velebit neigt sich über das Meer).

Die beiden gingen die Straße oberhalb der verlassenen Ortschaften Došen Dabar und Ravni Dabar entlang und kamen zu dem Abhang Dabarska Kosa. »Der Blick auf das Dumboka-Feld erfreute uns, da wir sehen konnten, dass es noch einigermaßen lebendig war. Wir schlossen das aus den bearbeiteten Kartoffel- und Kohläckern, die man auch von hier aus sehen kann. Und dann – wie zur Bestätigung unserer Schlussfolgerungen – tauchte aus einem Hain eine Schafherde auf. Wie wir uns darüber freuten! Als wären es unsere Schafe, aber wer weiß, wem sie tatsächlich gehörten! Aber das ist ja nicht wichtig. Das einzig Wichtige ist, dass die Herde hier ist, denn sie steht im Velebit für Leben.«

Fünfzehn Gehminuten vom Abhang Dabarska Kosa entfernt befindet sich auf einer Felsplatte unter dem Gipfel Visibaba, direkt oberhalb des Weges, die Kapljuv-Quelle (Tropfen-Quelle). Schon ihr Name deutet darauf hin, um was für eine Art von Quelle es sich handelt und mit welch schwacher Intensität sich hier, in der runden Vertiefung (die von Menschenhand geformt wurde), das Regenwasser ansammelt, das durch Risse in den Felsen hierhergeführt wird. In dem winzigen Bassin mit einem Durchmesser von

Die Menschen haben das Tal seit langer Zeit verlassen, aber in den Brunnen gibt es noch Wasser, und die Trockenbaumauern trotzen der Witterung. (Die Hochebene Mirevo im mittleren Velebit)

kaum dreißig Zentimetern zählte ich bei dieser Gelegenheit mehr als fünfzig Wassermolche.

Mein alter Bekannter, der Fotograf und ausgezeichnete Kenner des Velebits, Darko Vukov Colić, behauptet, dass das ein gutes Zeichen sei, dass Wasser, in dem Molche leben, gutes Trinkwasser sei. Auch Dane Vukušić empfiehlt die Kapljuv-Quelle als Trinkwasser. In dem Reisebericht in seinem Buch *Očarani planinom* (Vom Berg verzaubert) schreibt er, wie er bei der schon erwähnten Wanderung mit Šime Balen aus diesem Steintrog getrunken und dass das Wasser einen guten Geschmack und keinen unangenehmen Geruch gehabt habe.

Doch ungeachtet der Empfehlung einer Autorität vom Schlage Dane Vukušićs habe ich nicht aus der Kapljuv-Quelle getrunken. Ich hatte meine Feldflasche im Rucksack, und ich war mir nicht ganz sicher, ob die Bauernregel über Wassermolche und die Trinkbarkeit des Wassers auch auf eine winzige Regenpfütze mit fünfzig Molchen zutrifft.

Den Flair der alten Hirtenzeiten, über die aus erster Hand Hirtz, Simonović und Josip Poljak berichten und an die sich Ante Rukavina, Vukušić und Balen mit nostalgischen Gefühlen erinnerten, konnte ich an einem Tag Anfang Mai im südöstlichen Velebit erleben. Colić und ich wanderten über den Nebenweg vom Dorf Pećica oberhalb der Straße Gračac-Obrovac über Ploče in Richtung Ražovac und Prosenjak. Wir hatten uns keine gute Zeit für unsere Wanderung ausgesucht, es war heiß und schwül, doch ich tröstete mich damit, dass Simonović und seine Freunde mitten im Sommer hierhergelaufen waren, im Juli, unter noch schwierigeren Bedingungen. Wir erreichten den Prosenjak, eine Hochebene, die von dichtem, irisch-grünem Gras bedeckt war, umgeben von steilen, felsigen Abhängen, die mit Hainbuchen bewachsen waren, kurz nach Mittag. Wir suchten auf der südlichen Seite der Hochebene Zuflucht im Schatten; ich betrachtete schweigend diesen grünen Flecken inmitten des Velebit-Karsts. Auf der gegenüberliegenden Seite schimmerte zwischen den dichten Baumkronen das rote Dach eines Hirtenunterstandes hervor. Von dort hörte man ein Bellen, immer heftiger und lauter, und dann tauchten zwei riesige Schäferhunde aus Büschen auf und rannten ohne zu zögern auf uns zu.

Sie haben die Hunde von der Leine gelassen, damit sie uns sehen und aufhören zu bellen, erläuterte Colić die Lage.

Doch die Hunde beruhigten sich nicht, auch nachdem sie uns erblickt hatten. Sie rannten noch immer bellend auf uns zu. Ich erhob mich und griff nach meinem Wanderstock mit einer metallbeschlagenen Spitze, der mir vor einigen Jahren auf der Hochebene unter Cincar gute Dienste geleistet hatte, als ein Šarplaninac auf mich losgegangen war. Ich hoffte, dass mein Stock mir auch in dieser Situation helfen würde. Im selben Moment kam ein Mann aus dem Wäldchen und rief die Hunde zurück, und sie kippten in die Schatten der Büsche wie die Hasen mit leergelaufenen Batterien aus der Werbung, und es schien, als wären sie abgestellt worden. Ich verließ den Schatten und ging auf den Mann zu. Er entdeckte mich und kam schnell auf mich zu.

Petar Dragićević ist einer der letzten Hüter der Tradition, der seine Herde zum Weiden in den Velebit treibt. Nachdem er uns taxiert hatte, lud er uns zu einem Schnaps und einem Kaffee in seinen Unterstand ein. Seine Hunde lagen weiterhin desinteressiert im Schatten. Sie sahen doch nicht aus wie der Šarplaninac, obwohl ich sie zunächst für Vertreter dieser Hunderasse gehalten hatte, und ich fragte ihn, zu welcher Rasse sie gehörten. Er sagte mir, dass es Karabash-Hunde seien, Anatolische Hirtenhunde. Ich betrachtete

Der Brunnen auf dem Karstfeld Vučjak trägt den Namen von Ilija Smiljanić, einem großem Krieger aus dem unruhigen und grausamen Dreiländereck zwischen österreichisch-ungarischer Monarchie, osmanischem Reich und venezianischer Republik. Heute stillen hier die Tiere und die seltenen Bergsteiger ihren Durst.

Durch die gemeinsamen Mühen von Mensch und Natur ist ein Terrassen-
system von Wassertrögen entstanden. Der Mensch hat die Erde aus den
Vertiefungen zwischen den Felsen entfernt, die Ränder begradigt oder
befestigt, die Böden abgedichtet und sie mit Wasserschläuchen verbunden.
Dann hat er auf Regen gewartet.
(Der Čučavac-Felsen im südöstlichen Velebit)

sie, ihre Köpfe waren riesengroß und ihre Kiefer kräftig; ich zweifelte langsam daran, dass mein Stock sie von einem Angriff hätte abhalten können.

In Petars Unterstand lernte ich die Gastfreundschaft und die Freundlichkeit der Bergbewohner kennen, über die ich in alten Reiseberichten gelesen hatte. Wir unterhielten uns über dies und das, über den Gaskocher, mit dem er Probleme hatte (Colić reparierte ihn sofort), über Wölfe (Petar behauptete, dass ein Wolf ein Schaf und sogar zwei reißen könne, aber dass es für ihn unmöglich sei, mehr als zwei Schafe zu erlegen, und wenn es doch geschehe, dann hieße es, dass der Hirte nicht bei seiner Herde gewesen sei, dass er also seine Arbeit nicht richtig gemacht habe), darüber, dass der Winter kurz war, so dass er etwas früher auf den Prosenjak gekommen sei. Er sagte uns, dass wir jederzeit willkommen seien, wir könnten auch bei ihm übernachten und bleiben, so lange wir wollten.

Danach gingen wir zusammen bis zum Čučavac-Felsen, der seit jeher der Statik trotzt und um den durch gemeinsame Mühen von Mensch und Natur ein Terrassensystem von Wassertrögen entstanden ist. Der Mensch hat die Erde aus den Vertiefungen zwischen den Felsen entfernt, die Ränder begradigt oder befestigt, die Böden abgedichtet und sie mit Wasserschläuchen verbunden. Dann hat er auf Regen gewartet. Der Regen hat kleine Seen geschaffen, die den Durst vieler Hirten und ihrer Herden gestillt haben.

Der Brunnen Smiljanića Bunar auf der nördlichen Seite des unebenen Vučjak-Feldes ist eine Quelle mit historischem Stammbaum. Sie trägt den Namen des Volkshelden Ilija Smiljanić, des Heerführers aus dem unruhigen und grausamen Dreiländereck zwischen österreichisch-ungarischer Monarchie, osmanischem Reich und venezianischer Republik, der am 5. September 1654 im Kampf gegen die Türken fiel, genau hier auf dem Vučjak-Feld. Ante Rukavina hat 1965 mit Hilfe von Milka Tojagić, der Bewohnerin eines nahe gelegenen Dorfes, die sich an die Exhumierung der sterblichen Überreste von Smiljanić im Jahre 1925 erinnerte, jene Stelle gefunden, an der sich das Grab befindet. Er kennzeichnete die Grabstätte mit einer in Fels gehauenen Inschrift.

Vierunddreißig Jahre später machte ich mich auf den Weg, diesen beschrifteten Stein, der tausend Kilogramm wiegt, zu finden. Ich folgte der Beschreibung von Rukavina und ging 150 Meter vom Brunnen in Richtung Vučipolje und dann 50 Meter nach rechts am nordwestlichen Abhang Tremzine entlang. Ich fand weder Stein noch Inschrift. Das Dorf Tojagići ist inzwischen ausgestorben. Da war niemand, den ich fragen konnte, ob er sich an die alte Frau erinnerte, die sich an den Ort erinnert hatte, an dem sich das Grab eines großen Kriegers aus vergangenen Zeiten befunden hatte. Auf dem Vučjak-Feld lebt niemand mehr, der sich an die Geschichten über Smiljanić und über sein Grab erinnern könnte und der die Erinnerung an ihn bewahren würde. Hier gibt es nur eine ummauerte Quelle, die von Algen bewachsen ist. Hier gibt es auch einen Frosch, der ins Wasser sprang, als ich ihn entdeckte, und sich zwischen den Algen versteckte.

Ergiebige Quellen wie diese, die den Smiljanić-Brunnen, der einen Durchmesser von zwei Metern und eine Tiefe von einem Meter hat, mit frischem Wasser speisen, oder Steintröge wie jenen auf der Prosenjak-Hochebene, aus denen Menschen und Tiere trinken können, stellen im Velebit eine Seltenheit dar. Viel häufiger sind solche Quellen wie die Kapljica-Quelle auf der Jezera-Ebene oder die Piskavac-Quelle auf dem Bojinac, geizig und unzuverlässig. Oder kleine Quellen, die sich in Schratten verbergen und an denen man vorbeigeht, ohne sie zu bemerken, wie jene am Rande des kleinen Tals westlich von Samograd im südöstlichen Velebit. Ich hatte auf der Karte dieses dunkelblaue Pünktchen gesehen und entschloss mich, es zu suchen. Zehn Minuten lang trieb ich mich auf der felsigen Schräge dieses Tals herum, spähte in jede Schratte und wollte schon aufgeben, als ich ein Spinnennetz entdeckte, das über eine ovale Vertiefung gespannt war, während ich an dem Rand einer Schratte stand, an der ich schon einige Male vorbeigegangen war. Der Netzwerker hatte sich in dem Felsen versteckt und wartete geduldig auf seine Beute. Unter dem Netz glitzerte die Wasseroberfläche.

Es gibt aber auch eine mächtige Quelle im Velebit, und zwar im Štirovača-Tal. Drei Röhren, aus denen Tag und Nacht das sprudelnde klare und eisige Wasser strömt. Dort fühlt man sich plötzlich verwirrt, überrascht von der Verschwendungssucht der Natur, wie jene Mauren aus der Sahara, die Antoine de Saint-Exupéry in seinem Roman *Wind, Sand und Sterne* beschrieb, und zwar wie sie vor dem Wasserfall in Savoyen stumm auf den Reichtum an Wasser starrten und die Rufe ihres Anführers, weiterzuziehen, ignorierten:

> Weiter sprach keiner ein Wort. Stumm und ernst schauten sie dem Ablauf dieses erhebenden Schauspiels zu. Hier lief aus dem Bauch des Bergs das Leben selbst, der heilige Lebensstoff. Der Ertrag einer Sekunde hätte ganze verschmachtende Karawanen zum Leben erweckt, die ohne ihn auf Nimmerwiedersehen in der unendlichen Weite der Salzseen und Luftspiegelungen dahingegangen waren. Hier zeigte sich Gott sichtbar. Unmöglich, einfach gleich weiterzugehen. Gott hatte die Schleusen seiner Macht geöffnet. Ehrfurchtsvoll, regungslos standen die drei vor dem Wunder.

Es gibt den Berg und den Menschen und ihre Spiegelungen im Wasser.
(Ein alter Brunnen unter dem Zagaljen im südöstlichen Velebit)

»Weiter ist hier nichts zu sehen. Kommt!«, drängte der Führer.

»Wir müssen warten!«

»Worauf denn?«

»Bis es aufhört.«

Sie wollten die Stunde erwarten, in der Gott seine Verschwendung leidtat! Denn Gott ist geizig, er bereut schnell.

»Aber dieses Wasser läuft seit tausend Jahren!«[33]

Einmal habe ich mich auf dem Zavižan mit einem Schweizer unterhalten. Er war gekommen, um die Lage zu erkunden und eine Unterkunft für eine größere Bergsteigergruppe zu organisieren. Am späten Nachmittag saßen wir auf der Terrasse vor der Berghütte und unterhielten uns über dies und das. So kam es, dass er mich irgendwann fragte, ob ich wisse, dass jeder Slowene zumindest einmal in seinem Leben den Triglav besteigt. Ich dachte darüber nach und antwortete, dass ich es nicht wisse, aber dass ich ganz zuverlässig wisse, dass jeder Kroate mindestens einmal im Leben einen Kopfsprung vom östlichen Felsen des Veliki Kozjak macht – ich zeigte mit meiner Hand in Richtung der Steinkrone, die sich dort oberhalb der Hajdučki Kukovi und der Lubenovačka Vrata erhob. Ich denke, dass er mir nicht geglaubt hat. Er fragte mich daraufhin, warum die kroatischen Bergführer sich an den Hütten und nicht wie die schweizerischen an den Berggipfeln orientieren. Ich antwortete, dass ich keine Ahnung hätte.

Damals dachte ich nicht darüber nach, aber heute weiß ich, dass mein Bergführer sich weder an den Gipfeln noch an den Hütten orientieren würde, sondern an Quellen und an Brunnen.

Die Karte der Wirklichkeit

(unvollendbar)

es gibt fünfzig Wassermolche in einem Steintrog im Velebit

es gibt die Atome Wasserstoff und Helium

es gibt das Denkmal für den gefallenen Engel im Retiro-Park

es gibt den Ton des Saxophons von Sonny Rollins

es gibt einen tiefen Abgrund und einen Vogel, der sich hineinstürzt

es gibt den Wind

es gibt anarchistische Buttons auf dem Flohmarkt Waterlooplein

es gibt den Berg und den Menschen und ihre Spiegelungen im
   Wasser

es gibt Trümmergestein, Holzgewürm und Meteoritenstaub

es gibt eine Riesenspinnenskulptur am Ufer des Rio de Bilbao

es gibt Regentropfen auf dem Spinnennetz

es gibt einen erblühten Schlehdornbusch

es gibt ein Kreuz im flachen Wasser des Starnberger Sees

es gibt die Einstein'schen Feldgleichungen

es gibt eine Quelle, verborgen im Felsen

es gibt Wolken, die sich in Fensterglas spiegeln und im Himmel

es gibt einen Wald mit vertrockneten Fichten

es gibt eine Jukebox in der Spanish Bar in der Oxford Street

und darin die Single mit dem Lied *My Way* in der Fassung der Sex
   Pistols

es gibt eine rote Straße, umrahmt von ockerfarbenem Gras
es gibt die Reste der alten Mauer in Friedrichshain
es gibt einen Zaunkönig in dem Wald unterhalb der Vratarski Kuk
es gibt die Idee von Gleichheit und Brüderlichkeit
es gibt eine Hummel auf der Blüte eines Alpen-Mannstreu
und es gibt unzählig viele andere Dinge.

Wer kann beanspruchen, all das nach seiner Bedeutung zu ordnen
und den Wert zu bestimmen?

Linke Seite: Ein Wassertrog mit 50 Wassermolchen unter dem Visibaba im mittleren Velebit.

Oben: Louise Bourgeois, Maman, Guggenheim Museum in Bilbao.

Linke Seite: Laban Centre in Greenwich.

Oben: Regentropfen auf einem Spinnennetz bei der Hütte Borisov Dom in Velika Paklenica.

Die Hochebene Veliko Rujno im südlichen Velebit.

Ein Wald von ausgetrockneten Fichten im nördlichen Velebit.

Quellen

1   Ljuba Popović, Zitat privat, Original kroatisch.

2   Allan Watts, *What is Tao?* New World Library, 2000.

3   Kōdō Sawaki, *Zen ist die größte Lüge aller Zeiten.* Angekor-
     Verlag, Frankfurt a. M., 2005, S. 25.

4   Hsu-t'ang, aus Ikkyū Sōjun, *Gedichte von der Verrückten
     Wolke.* Angekor-Verlag, Frankfurt a. M., 2006, S. 56.

5   Annie Le Brun, *Tout Prés Les Nomades.* Editions Main-
     tenant, 1972.

6   T.S. Eliot, *Das wüste Land.* Englisch und Deutsch. Über-
     tragen von Ernst Robert Curtius. Insel Bücherei Nr. 660,
     Verse 8–12, S. 7.

7   Khalil Gibran. *Der Prophet.* Aus dem Englischen von
     Giovanni und Ditte Bandini. dtv, München, 2. Auflage,
     2005, S. 84.

8   Ikkyū Sōjun, *Gedichte von der Verrückten Wolke.* Angekor-
     Verlag, Frankfurt a. M., 2006, S. 56.

9   Seneca, *De brevitate vitae – Die Kürze des Lebens.* Mit
     Einleitung, Übersetzung und Anmerkungen herausgegeben
     von Franz Peter Waiblinger. dtv, München, 13. Auflage,
     Februar 2008, S. 41.

10   Kōdō Sawaki, Quelle unbekannt.

11   Henry D. Thoreau, *Walden oder Leben in den Wäldern.*

Aus dem amerikanischen Englisch von Anneliese Dangel.
Aufbau Verlagsgruppe GmbH, Berlin, 1949. Das Copyright
dieser Ausgabe, Anaconda Verlag GmbH, Köln, 2009, S. 80.

12 Ljiljana Đorđević, Zitat privat, Original kroatisch.

13 Lao Tse, *Tao Te King*. Übersetzt von Richard Wilhelm,
Heinrich Hugendubel Verlag, München, 2004.

14 Henry D. Thoreau, *Walden oder Leben in den Wäldern*.
Aus dem amerikanischen Englisch von Anneliese Dangel.
Aufbau Verlagsgruppe GmbH, Berlin, 1949. Das Copyright
dieser Ausgabe, Anaconda Verlag GmbH, Köln, 2009, S. 35.

15 Epikur von Samos, Quelle: *Katechismus*. Zitiert nach:
Aphorismen.de.

16 Alain de Botton, *Trost der Philosophie. Eine Gebrauchsanwei-
sung.* Aus dem Englischen von Silvia Morawetz. S. Fischer
Verlag, Frankfurt a. M., 2002, S. 83.

17 Aldous Huxley, *Die ewige Philosophie – Philosophia perennis.*
Aus dem Englischen von H. R. Conrad. Hans-Nietsch-
Verlag, Freiburg, 2008, S. 274–275.

18 Hermann Hesse, *Mein Glaube*. Suhrkamp Verlag, Frankfurt
a. M., 1971, S. 18–19.

19 Ryo-Nen, zitiert nach Aldous Huxley. *Die ewige Philosophie – Philosophia perennis.* (siehe oben), S. 178.

20 J. W. Goethe, zitiert nach Aldous Huxley. *Die Pforten der
Wahrnehmung. Himmel und Hölle. Erfahrungen mit Drogen.*
Aus dem Englischen von Herberth E. Herlitschka, Piper
Verlag, München, 1970, durchgesehene Übersetzung, 1981,
S. 57. (Huxley gibt nicht an, aus welchem Werk von Goethe
das Zitat stammt.)

21 Ikkyū Sōjun, *Gedichte von der Verrückten Wolke*. Angekor-
Verlag, Frankfurt a. M., 2006, S. 14.

22 Ted Perry, zitiert nach Fritjof Capra, *Lebensnetz – Ein neues Verständnis der Lebendigen Welt,* aus dem Englischen von Michael Schmidt, vollständige Taschenbuchausgabe, Feb. 1999, Droemersche Verlagsanstalt Th. Knaur Nachf., München, S. 5 und S. 264.

23 Peter Russell, *Die erwachende Erde. Unser nächster Evolutionssprung.* Heyne Verlag, München, 1989, S. 44.

24 T. S. Eliot, *Das wüste Land* (englisch und deutsch), übertragen von Ernst Robert Curtius. Insel Verlag, Wiesbaden, 1957, Vers 20 bis 32, S. 7–9.

25 Seneca, *Epistulae morales* – Epistula 28, Lateinheft.de.

26 Charles Bukowski, *Love is a Dog from Hell.* HarperCollins Publishers Inc., New York, Ecco edition, 2003, S. 123.

27 Ikkyū Sōjun, *Gedichte von der Verrückten Wolke.* Angekor-Verlag, Frankfurt a. M., 2006, S. 16 und S. 19.

28 Dschuang Dsi, *Das Wahre Buch vom südländischen Blütenland,* Edition Holzinger, Düsseldorf / Köln, 1972, S. 39–40 (Entstanden im 4. Jahrhundert v. Chr. Vollständiger, durchgesehener Neusatz, bearbeitet und eingerichtet von Michael Holzinger; Textgrundlage ist die Ausgabe in der Übersetzung von Richard Wilhelm, erschienen im Eugen Diederichs Verlag, Köln/Düsseldorf, 1972)

29 Lao Tse, *Tao Te King: Das Buch vom Sinn und Leben,* übersetzt von Richard Wilhelm, Eugen Diederichs Verlag, Köln / Düsseldorf, 1972, S. 63.

30 Antoine de Saint-Exupéry, *Wind, Sand und Sterne,* ins Deutsche übertragen von Henrik Becker. Karl Rauch Verlag, Düsseldorf, 1939 und 2010; neue Auflage 2013, S. 119.

31 Henry D. Thoreau, *Walden oder Leben in den Wäldern.*

aus dem amerikanischen Englisch von Anneliese Dangel, Aufbau Verlagsgruppe GmbH, Berlin, 1949; neue Ausgabe 2009, Anaconda Verlag GmbH, Köln, S. 55 f.

32 Lynn Margulis und Dorion Sagan, *Microkosmus,* New York, 1986, S. 191; zitiert nach Fritjof Capra, *Lebensnetz – Ein neues Verständnis der Lebendigen Welt.* Aus dem Englischen von Michael Schmidt, vollständige Taschenbuchausgabe, Feb. 1999, Droemersche Verlagsanstalt Th. Knaur Nachf., München, S. 273.

33 Antoine de Saint-Exupéry, *Wind, Sand und Sterne,* ins Deutsche übertragen von Henrik Becker. Karl Rauch Verlag, Düsseldorf, 1939 und 2010; neue Auflage 2013, S. 123–124.

Übersetzungen, wo nicht anders angegeben, von Alida Bremer.

Literatur für Wanderer

(eine zufällige Auswahl)

Leichtere Bücher – für den Rucksack

Khalil Gibran, *Der Prophet*

Antoine de Saint-Exupéry*, Wind, Sand und Sterne*

Annie Le Brun, *Tout Prés Les Nomades*

Ante Rukavina, *Velebitskim stazama* (Auf den Pfaden des Velebits)

Ikkyū Sōjun, *Gedichte von der Verrückten Wolke*

Charles Bukowski, *Burning in Water, Drowning in Flame*

Kakuzo Okakura, *Das Buch vom Tee*

Tomica Bajsić, *Južni križ* (Das Kreuz des Südens)

Ernesto Sabato, *Der Widerstand*

Lucius Annaeus Seneca, *Dialoge*

Lao Tse, *Tao Te King*

Jean Giono, *Der Mann mit den Bäumen*

T. S. Eliot, *Das wüste Land*

Kōdō Sawaki, *Zen ist die größte Lüge aller Zeiten*

Schwere Bücher – für das Regal

Dschuang Dsi, *Das Wahre Buch vom südlichen Blütenland*
Dōgen Zenji, *Shôbôgenzô*
Charles Bukowski, *Love is a Dog from Hell*
Boris Maruna, *Upute za pakleni stroj* (Anleitung für eine Höllen-
maschine)
Fritjof Capra, *Lebensnetz*
Michel de Montaigne, *Essays*
Stephen Hawking, *Eine kurze Geschichte der Zeit*
Philip Ball, *H_2O – Biographie des Wassers*
Ian Stewart, *Spielt Gott Roulette?*
Brian Greene, *Der Stoff, aus dem der Kosmos ist*
Henry D. Thoreau, *Walden oder Leben in den Wäldern*
Aldous Huxley, *Die ewige Philosophie*

Danksagung

Ich bedanke mich bei Herrn Ante Vukušić und seiner Familie, die mich seit Jahren freundschaftlich auf dem Zavižan empfangen und denen ich – wie mir scheint – noch nicht lästig geworden bin. Indem ich ihnen zuhörte, habe ich viel über das Gebirge gelernt. Ich genieße jede Minute, die ich im Gespräch mit ihnen verbringen darf.

Inhalt

Verlagsgruppe Random House FSC® N001967
Das für dieses Buch verwendete FSC®-zertifizierte Papier
Amber Graphic liefert Arctit Paper, Küstrin.

Die Originalausgabe erschien 2009 unter dem Titel *Prirucnik za Hodace* bei
Naklada LJEVAK, Zagreb.

Der Verlag dankt dem Ministerium für Kultur der Republik Kroatien für die
Unterstützung der Übersetzung.

2. Auflage
Luchterhand Literaturverlag
© 2009 by Edo Popović
© 2015 der deutschsprachigen Ausgabe by Luchterhand Literaturverlag,
München, in der Verlagsgruppe Random House GmbH

Fotos: Edo Popović
Illustration: Carla Nagel
Gestaltung: Andrea Mogwitz
Reproduktion: Lorenz & Zeller, Inning a. Ammersee
Druck und Bindung: Těšínská tiskárna, a.s., Český Těšín
ISBN 978-3-630-87356-5

www.luchterhand-verlag.de
www.facebook.de / luchterhandverlag
www.twitter.com / luchterhandlit